KB191178

천 년 집사 백 년 고양이 2

천 년 집사
백 년 고양이 2

묘한 고양이 결사단

추정경 장편소설

래빗홀
RABBIT HOLE

차례

I

라의 사자들

남자는 48시간째 깨어 있는 상태였다.

그는 이집트 카이로에서 출발해 카타르의 도하를 경유하고, 말레이시아 쿠알라룸푸르를 거쳐 인천에 오기까지 대기 시간을 포함해 총 48시간의 비행을 했다. 그 긴 시간은 누군가의 휴식을 위한 것인 동시에 자신을 쫓는 그림자를 따돌리기 위함이기도 했다. 이틀 동안 통잠을 자지 못하고 비행기 안에서 쪽잠을 잤음에도 그의 정신은 내내 또렷하고 생생했다.

인천공항에 도착해 화장실로 들어가 트렁크를 열자 무엇인가가 그의 손을 사납게 할퀴었다. 길게 그어진 생채기에서 피가 나는데도 그는 주머니에서 확대경을 꺼내 자신의 상처를 들여다보았다. 피를 닦아 내자 서서히 글자가 드러났다. 글자의 의미를 확인한 그는 무릎을 꿇고 고개 숙여 감사 인사를 올렸다.

인천국제공항을 출발한 공항버스 한 대가 고속도로를 달렸다. 촌각을 다투는 버스는 바닥에서 1센티미터쯤 붕― 떠서 날아간다고 해도 과언이 아니었다. 버스 짐칸에 실린 트렁크 안의 '누군가'는 조금 전에 먹은 음식을 토하지 않기 위해 애를 쓰고 있었다.

공항버스를 운행하는 60대 초반의 운전기사 김 씨는 이미 출발 시간이 10분 지연된 상태에서 승객들의 원망과 불평을 들으며 다음 운행 시간을 맞추기 위해 무리하게 운전하고 있었다.

버스가 첫 번째 정류장에 멈춰 서자, 예닐곱 명의 사람들이 자리에서 일어나 내렸다. 김 씨는 버스 짐칸의 문을 열고 손님들이 자신의 트렁크를 꺼내는 것을 도왔다. 마지막으로 아랍계로 보이는 남자가 구석진 곳에 있는 검은 트렁크를 손가락으로 가리켰다.

"저거요?"

남자가 고개를 끄덕이자 김 씨는 고리가 달린 막대기로 그 트렁크를 바깥쪽으로 당겼다. 그가 트렁크를 받아 떠나려고 하자 김 씨가 다급한 목소리로 불렀다. 분명 두 개의 검은 트렁크를 맡겼던 게 기억났다.

"스탑! 블랙 투!"

남자의 눈에 잠시 머뭇거림이 스쳤으나 그는 이내 고개를 젓고 트렁크 하나만을 가지고 떠났다. 이놈의 정신머리. 너무 정신없이 몰아치는 통에 트렁크 개수도 착각했던 모양이지, 김 씨는 바쁜 탓이라 생각하고 다시 버스에 올랐다.

그러나 종착지에 도착하니 아무도 가져가지 않은 그 검은 트렁크 하나가 남았다. 착각이라고 생각했던 검은 트렁크는 아랍계 승객의 것이 분명했다.

차고지로 돌아와 녹화된 외부 블랙박스 영상을 틀자 출발지에서 그 승객이 두 개의 검은 트렁크를 맡기는 게 선명하게 보였다. 무슨 연유인지 그는 자신의 트렁크 하나를 그대로 두고 사라졌다. 남자가 아랍계라는 사실 때문에 사무실 직원들은 폭탄일 수도 있다며 경찰에 신고하자고 소리를 높였다.

"에이, 대한민국에 폭탄은 못 들어와. 검색대에 물 100밀리리터도 통과시키지 않고 얼마나 깐깐하게 구는데."

"그건 출국이지 입국 심사대가 아니잖아."

운전기사들이 삼삼오오 모여 이야기를 주고받다가 누군가 장난으로 그 트렁크를 툭툭 차며 말했다.

"터지긴 뭐가 터져."

바로 그때, 트렁크 안에서 작은 울음소리가 들려왔다. 사람들은 폭탄의 초침 소리라도 들은 듯 혼비백산하며 도망쳤다.

모두가 공포에 휩싸여 밖으로 도망친 그 순간, 김 씨만이 홀린 듯 가방으로 다가갔다.

비밀번호 없이 버튼으로만 채워진 트렁크를 열자 그 안에서 고양이 두 마리가 모습을 드러냈다. 김 씨는 그 앞에 앉아 가만히 고양이들을 내려다보았다. 문밖에서 고개만 내밀고 지켜보던 직원이 물었다.

"뭐예요? 정말 폭탄이에요?"

세상에 이렇게 귀여운 폭탄이 있을 리가. 김 씨가 손을 뻗자 고양이들이 그의 손길을 거부하며 고개를 돌렸다.

"고양이 오래 키웠다고 했죠?"

"네."

"들어와서 봐요."

조심스레 사무실 안으로 들어온 직원은 트렁크를 들여다보며 깜짝 놀란 얼굴로 말했다.

"어머, 아비시니아 고양이네요."

"아비…… 뭐요?"

"아비시니아요. 가장 오래된 고양이 품종 중 하나인데, 이집트 벽화 고양이라고도 불려요."

"얘들, 아니 저 트렁크를 갖고 탄 남자가 아랍계이긴 했어요."

"일단 공항에 요청해서 그날 찍힌 CCTV 확인하고 트렁크 주인을 찾아서 인계하면 되겠네요. 근데 이렇게 보면 고양이를 몰래 화물칸에 데리고 왔다는 소린데…… 그게 가능한 일인가?"

직원의 혼잣말에 그의 생각도 안갯속을 헤맸다.

운전기사 김 씨가 남자를 불러 세웠을 때 고양이 주인은 망설이는 눈빛으로 이 아이들이 있는 트렁크만을 거부했다. 필시 무슨 사연이 있는 듯 보였지만 이런저런 사정을 신경 쓰기엔 그는 너무 피곤한 상태였다.

"김 기사님, 얘들 어쩌죠?"

김 씨는 대답 대신 상자 안에 모포를 깔았다.

"분실된 여행 가방 수백 개를 봤지만 고양이가 들어 있는 트렁크는 처음이에요."

"일단 오늘은 너무 늦었으니 상자에 먹을 거랑 물을 넣어 두고 지켜봅시다. 내가 남을 테니 그만 퇴근해요."

"피곤하실 텐데 집에 가서 쉬시지."

"어차피 새벽 첫차 당번이라 숙직실에서 눈 좀 붙이면 돼요."

"오밤중의 불청객이네요. 어쨌든 내일 주인이 데리러 오길 바라야죠."

김 씨는 그 말에 대꾸할 힘도 없었다.

그는 한시라도 빨리, 지치고 늙은 자기 몸을 어디든 뉘고 싶었다. 평생 잡아 온 운전대지만 공항버스를 운전하면서 도로가 살얼음판처럼 느껴지는 요즘이었다. 차라리 귀에 딱지가 앉도록 하차 벨 소리를 듣고 정류장마다 멈춰 세우던 시내버스 기사 시절이 좋았다고 여겨졌다.

그는 새벽 첫차 담당이고 첫 손님이 잠에서 깨기도 전에 차고지에 가서 운행을 준비해야 하는 고단한 내일의 삶이 예정되어 있었다. 사람에게 치이고 스케줄에 시달린 피곤함으로, 버려진 고양이를 신경 쓸 여유가 손톱의 달만큼도 없어야 했다.

몸과 정신이 너덜너덜한 상태였지만 *끄응—* 하고 일어나 손 소독제를 찾았다. 기운을 쥐어짜 손을 닦고 다시 고양이들에게 다가갔다. 그리고 가만히 무릎을 꿇은 채 말했다.

"……너희가 거기 타고 있는 줄 알았으면 버스를 좀 더 살살 몰았을 텐데, 그렇게 거칠게 달리지는 않았을 텐데."

고양이들이 말없이 그를 올려다보았다.

"미안하다."

진심이 담긴 사과였다.

사실 김 씨는 길고양이 한 마리를 입양해 키우는 집사였다.

자기가 키우는 고양이의 품종도 모르면서 그저 사료가 떨어지면 사료를 사 오고, 물통을 채우고, 똥을 치워 주었다.

자식들은 이미 훌쩍 커서 품을 떠난 지 오래였고, 서로 살가운 인사를 건네기엔 쑥스러운 사이가 되어 있었다. 잠든 얼굴을 내려다보며 머리를 쓰다듬은 게 전부인 아이들이라, 다 자란 뒤로는 아비와의 대화가 어색했다.

이해했으나 한편으로 서글프고 서운했다. 김 씨는 사랑하는 방법을 모른 채 누군가를 사랑하는 그 시대 아버지들 중 하나일 뿐이었다. 돈을 버느라 함께할 시간 없이 늙어 버린 게 아쉬웠다.

그 마음의 헛헛함을 메워 주는 것이 고양이였다. 집에서도 고양이가 다가와 그르릉 소리를 내면 등 몇 번 긁어 주고 예뻐해 주는 게 전부였다. 그럼에도 투박하게 최선을 다했다.

그는 오랫동안 운전대를 잡아 거칠어지고 마디가 굵어진 손으로 조심스레 고양이 화장실을 치워 주고 물을 더 채워 주었다. 그리고 마지막 남은 힘을 쥐어짜 고양이들을 위로했다.

비록 벼린 칼날 위에 서 있는 듯 위태롭고 고단한 삶이었지만 이 다정한 존재들에게 내어 줄 한 줌의 마음만은 남아 있었다.

상자 속 두 마리 중 한 마리는 곯아떨어졌고 나머지 한 마리는 깨어 있었다. 조심스레 손을 내미니 이번에는 얼굴을 돌리거나 거부하는 반응을 보이지 않았다. 용기를 내어 갈색 고양이의 머리를 쓰다듬었다.

마음을 담아 사과한 그의 진심이 통한 것일까. 고양이가 깜빡 눈인사를 건넸다. 그와 동시에 고양이가 그의 팔을 할퀴었다. 그러자 손끝으로 이상한 울림이 전해졌다. 열기와 진동을 지닌 어떤 파장이 그의 몸 안으로 흘러 들어왔다.

고양이가 그의 손등에 발을 대는 순간, 강력한 힘이 건너왔다.

그 힘은 김 씨 안에 있던 모든 고통과 피로, 부정적인 기운을 사라지게 했다. 깨끗한 물처럼 더러운 것들을 씻어 내고 온전한 정신만을 남겼다.

고양이는 아무 일도 없었다는 듯 상처를 한번 핥아 주고 그의 놀란 표정을 모른 척했다. 까끌까끌한 혓바닥이 훑고 간 자리가 생경한 감촉으로 남았다.

그리고 몇 시간 뒤 새벽 어둠이 가시기도 전에 한 무리의 사람들이 차고지를 찾아왔다. 검은 트렁크를 찾는 사람들이었다. 트렁크를 두고 간 남자는 아니었으나 그들은 정확히 그 트렁크의 존재를 알고 있었다.

강압적인 태도로 보건대 그 트렁크를 내놓지 않으면 사달이 날 것만 같은 분위기였다. 직원은 분실물 센터 한구석으로 그들을 안내했다. 트렁크를 옆에 두고 급한 대로 상자를 구해 고양이 두 마리를 돌보고 있었다고 말하려는 찰나, 남자들이 웅성거렸다.

고양이들이 머물던 상자는 텅 빈 채였고, 그 방 어디에도 고양이들의 모습은 보이지 않았다. 그들이 거친 목소리로 주변을 탐색하는 사이, 운전기사 김 씨는 가쁜 숨을 몰아쉬며 두 마리의 고양이를 안은 채 뒷문으로 빠져나왔다. 무슨 이유에서인지 그 남자들을 본 순간 고양이를 지켜야 한다는 생각이 휘몰아쳤다.

그는 누가 볼세라 재빨리 버스에 올랐다. 그러고는 고양이들을 점퍼 안에 넣고 쫓기는 사람처럼 버스의 시동을 걸었다.

버스가 시내로 접어들어 달린 지 10분도 지나지 않아 검은색 SUV 몇 대가 뒤를 쫓아왔다. 김 씨는 그들이 고양이를 쫓고 있다는 사실을 직감했다.

SUV가 사거리에서 꼬리를 문 다른 차들에 막혀 건너오지 못했다. 김 씨는 버스를 정류장에 세운 뒤 근처 낮은 관목이 우거진 곳에 두 마리의 고양이를 내려놓았다.

"어서 도망가!"

김 씨는 그 말만 남긴 채 바삐 버스로 돌아와 곧바로 고속도로로 나가는 IC를 향해 내달렸다. 그 뒤를 검은 SUV 세 대가 맹렬히 쫓아갔다.

두 마리의 고양이는 그 자리를 떠나지 않은 채 버스를 끝까지 지켜보았다. 보마니가 아누비스에게 말했다.

"네가 베푼 자비에 저 늙은 인간의 목숨이 위태로워지겠군."

"……."

그에게 죽음과도 같은 구원을 선물한 이는 영혼의 수호자를 뜻하는 '아누비스'였고, 길을 동행한 이는 전사라는 뜻의 '보마니'였다. 아누비스는 보마니를 능가하는 근원적 힘을 가진 존재였으며, 보마니는 그를 보호하는 무적의 전사였다. 이 둘을 쫓는 것은 위원회가 보낸 그림자들로, 아누비스와 보마니를 다시 이집트로 데려가려 했다. 그러나 아누비스와 보마니는 위원회의 결정에 반기를 들고 스스로 한국행을 택한 것이었다. 그들은 목적을 달성하기 전에 순순히 돌아갈 생각이 없었다.

"그나저나 단번에 우리 기운을 알아채는 걸 보면 영혼이 맑은 인간이었어. 아깝게 됐군."

"저자는 죽지 않아."

그 말에 보마니가 흥미롭다는 듯 눈을 가늘게 뜨고 아누비스를 바라보았다.

"설마, 부적을 남겼어?"

"목숨을 걸고 시간을 벌어 준 값은 치러야지."

"20분 뒤에 고속도로 한복판에서 5중 추돌로 생사가 오가게 되는 거?"

"살 거야. 다만 그 덕에 그토록 원하던 휴식을 얻게 되겠지."

"늙은 인간이 원하는 휴식은 그런 게 아닐 텐데. 네가 주려는 건 거의 죽음과도 같은 휴식이야, 아누비스. 인간은 빛과 그림자가 하나라는 걸 알지 못해. 그림자만 보며 괴로워하는 게 저들이야."

아누비스는 보마니가 하는 말에 대꾸하지 않았다. 절인 청어와도 같은 저 남자를 소금 단지에서 꺼내 다시 바다로 돌려보낸다 한들 신선한 물고기가 될 리는 없지만, 그래도 바다의 자유를 기억하고 죽을 수는 있으리라.

김 씨 스스로 절대 끊을 수 없는 굴레를 끊어 주는 것이 교통 사고라는 사실은 아이러니하지만, 그는 그 고통을 통해 비로소 멈추고 생각할 수 있게 될 것이다.

그게 아누비스가 주려는 자비, 고통의 선물이었다.

김 씨가 베푼 사소한 호의가 처절한 고통으로 돌아오겠지만 결국 그를 가장 원하는 곳으로 이끌 것이다.

아누비스의 예언대로 괴한들이 탄 차들에 쫓기던 공항버스는 북수원 나들목 인근에서 5중 추돌로 멈춰 서며 일곱 명의 사상자를 냈다. 대형 사고를 낸 차 세 대는 유유히 빠져나갔지만, 이 일로 김 씨는 전치 12주가 나올 만큼 크게 다쳐 퇴직에 가까운 휴직에 들어가게 되었다. 사고를 조사하던 경찰과 보험 조사원은 이 사고를 일으킨 가해 차량을 쫓았으나 끝내 잡을 수 없었고, 운전기사 김 씨는 장장 3개월 동안 입원 치료를 받게 되었다.

제삼자의 눈에 이 모든 것은 자명한 불행이었다.

그러나 그 불행의 색깔이 당사자에게도 같은 색일지는 누구도 물어보지 않았다.

큰 수술을 하고, 강제로 휴직까지 하게 된 김 씨를 모든 이가 불행하다 단정 지었다.

그러나 병원 7층 입원실에서 먼 하늘을 바라보던 김 씨는 자신도 모르게 슬며시 미소를 지었다. 남들이 '화'라 부르는 이 사건이 정작 본인에게는 고통스럽게 다가온 '축복'이나 다름없음을 어슴푸레 느낀 순간, 그는 깨달았다.

'강제로 멈춰 세워졌으나 이 시간이 선물이구나.'

그는 미뤄 두었던 바둑 잡지를 읽고, 아내가 떠 준 새로운 카디건을 입고 있었다.

한쪽 팔에는 한 달이 지나도 사라지지 않은 두 줄짜리 상처가 남아 있었다. 두 고양이 중 한 마리가 긁어 놓은 것이었는데 이상하게도 그 흔적이 사라지지 않았다.

오히려 시간이 갈수록 더욱 선명하고 또렷해진 상처는 어찌 보면 문자 같았다. 그것은 인간이 해석할 수 없는 고대 이집트 고양이들의 글자였다.

'신의 가호가 함께하길.'

자기 팔뚝에 새겨진 이 문장이 아누비스가 준 선물임을 인간은 영원히 모를 것이다. 또한 백 년을 사는 인간인 그가 만난 존재가 수천 년을 산 라의 전사들이라는 것도.

✦

실체를 드러내지 않은 소문은 괴물처럼 '그들'의 몸집을 키워 갔다. 어떤 날은 기괴한 꼬리를 달고, 또 다른 날은 하늘을 덮을 듯한 날개를 단 생명체로 매일 모습을 바꾸었다.

북수원 나들목에서 일어난 '공항버스 5중 추돌 사건'은 길에서 일어날 법한 숱한 사고 중 하나일 수 있었으나, 그 안에 트렁크에 숨긴 '고양이 두 마리'란 단어가 포함되면서 묘계를 긴장시켰다.

'그들'이 왔다는 표식은 곳곳에 차고 넘쳤다.

아비시니아 고양이 두 마리, 그들을 쫓아온 추적자, 추적자를 따돌리기 위한 두 개의 트렁크, 고양이의 행방에 대해 한사코 입을 다문 공항버스 운전기사.

노묘는 며칠 내내 심기가 불편한 듯 낮게 그르렁 소리를 냈다.

"할멈은 그들이 정말 라의 전사라고 생각해요?"

"⋯⋯."

할멈의 감긴 눈이 맞은편 빈 벽을 뚫어져라 바라보고만 있었다. 할멈이 무엇을 내다보고 있는지 알 수 없었다. 조바심이 난 막내가 물었다.

"그들은 신화 속에만 존재한다고 했잖아요."

"⋯⋯현실 세계에 개입하지 않기 때문에 그렇게 불린 거지 존재하지 않는 건 아냐."

"그럼 라의 전사들은 어떤 존재예요?"

"⋯⋯잔인한 천사, 사실은 친절한 악마."

노묘의 말을 듣자 막내는 왠지 털이 쭈뼛 서는 느낌이 들었다.

어느 쪽이든, 그들은 예상 밖의 파국을 가져올 게 분명했다.

"애굽의 고양이들이 자기 땅을 벗어나는 일은 성경의 〈출애굽기〉 이후 처음일 거야. 그들은 자기 조상들의 사명을 받들고 땅을 지키는 존재들이야. 위원회의 반대를 무릅쓰고 독단적으로 왔기에 그림자들이 쫓아온 거겠지. 하지만 라의 전사가 결심한 이상 아무도 그들을 막지는 못해."

막내는 '위원회'라는 말을 듣자 오소소 소름이 돋았다. 그 유래와 깊이를 알 수 없는 고대 고양이 위원회는 인간계에도 지대한 영향을 미치는 것으로 알려져 있었다. 비공식적으로 그들을 위한 조직이 있으며, 인간의 섬김을 받는다고도 했다.

위원회의 결정은 고양이뿐만 아니라 인간에게도 절대적이며 그 누구도 항명할 수 없는 막강한 권력을 가졌다. 그 위원회에 소속된 라의 전사들 중 일부가 위원회의 결정에 반대하며 한국을 찾아온 것이다. 전사들을 쫓는 것은 필시 위원회가 보낸 그림자일 터.

"막내야, 사라진 게 둘이라고 했던가?"

"네, 고양이 두 마리요."

"위원회의 반대에도 불구하고 왔다는 건 제 목숨을 걸었다는 뜻이다. 대단한 전사들이겠구나."

노묘는 고덕과 테오의 미래가 보이지 않았던 이유를 이제야 깨달았다. 고대 원력인 라의 전사들이 그들의 앞날에 개입한다면 그 무엇도 예측할 수 없다.

"만약 그들이 맞다면, 우리 세계는 예측 불가능한 혼돈 속으로 빠져들 거야."

"왜 왔을까요?"

"비뚤어진 힘의 균형을 맞추기 위해. 폭주하는 누군가를 멈추기 위해."

"설마 '천 년 집사'를 말하는 거예요?"

"……."

할멈은 그 대목에서 다시 입을 닫았다.

"진짜 수천 년을 산 고양이라면 왜 여기에 왔을까요?"

"이곳에서 일어나는 혼돈이 그들을 부른 거지."

"그 전사들이 천 년 집사를 도우려는 건지, 막으려는 건지 할멈은 알 수 있어요?"

"글쎄, 내가 읽는 것은 내 힘 아래의 소용돌이들인데, 라의 전사들이 가진 힘은 너무 크고 오래되어서 종잡을 수 없어. 고대의 원력을 소유한 자들이라 읽을 수 없구나."

"세상에…… 할멈이 읽지 못하는 존재도 있어요?"

"고대의 원력이라니까 그러네. 이 고양이 환생의 법칙을 만든 것도 그들이고, 지금까지 그걸 견지시킨 것도 그들이야. 그들의 말이 곧 법이다, 막내야."

할멈은 그들이 이 땅에 온 목적을 알고 있었다.

고대의 예언은 두 번의 천 년이 지나고 나올 천 년 집사가 흑마력의 마수일 것이라 말했다. 라의 전사들의 목적은 이미 어둠에 물든, 혹은 앞으로 물들 천 년 집사를 처단하는 것이다. 위원회와 라의 전사들은 불행의 씨앗이 움틀 때마다 그 씨앗을 뿌리째 뽑아 왔다. 그렇게 오랫동안 굳게 봉인되었던 천 년 집사의 수레바퀴였건만, 누군가에 의해 봉인이 풀렸고 그 바늘 위에 세 사람이 올라서게 되었다.

이고덕, 윤테오, 그리고 또 한 사람.

고덕과 이름 모를 그는 자기 꼬리를 쫓는 개처럼 제자리를 빙빙 돌며 무언가를 찾고 있었다. 능력을 절반씩 나눠 가진 이의 운명이자, 어쩌면 둘 중 한 사람이 죽어야 끝날지도 모를 일. 테오 역시 그들과 궤를 함께하고 있다. 이 판에 라의 사자들까지 합세한다면 저 세 사람은 말 그대로 사자들의 밥이 되어 죽임을 당할 것이다.

살인마를 처단하는 것은 바라는 바이지만, 그 불길에 고덕과 테오를 태워 죽일 수는 없었다. 할멈은 초조해졌다. 라의 사자들은 설득할 수도, 굴복시킬 수도 없는 존재들이다. 그렇다면 그들을 대적할 누군가가 필요했다.

이 땅에도 땅의 역사만큼이나 오래된 존재들이 있다. 이집트 위원회의 라의 전사들을 대적할 수 있는 인간계 밖의 존재들. 그러나 그들은 인간계의 일에 개입하지 않는 암묵적인 규칙을 지켜 왔다. 만약 라의 전사들에게서 테오와 고덕을 지키고 그들을 막아야 한다면 떠오르는 이는 딱 둘밖에 없었다. 불계의 입구를 지키는 엄청난 힘을 가진 두 금강역사, '나라연금강'과 '밀적금강'뿐이다.

하지만 오래 은둔하며 자리를 비운 밀적금강역사를 어디서 찾아야 하나. 찾는다고 한들 어떻게 설득해야 하나.

할멈의 속이 바짝 타들어 갔다.

II
두 번째 능력

― 어디서 왔소?

― 바람이 마냥 실어다 주는 대로 왔지. 그짝은 어디서 왔소?

― 머리에 핏물 돈 지 넉 달 된 똥강아지가 나를 오독오독 씹어 먹고 길바닥에 똥을 퍼질러 싸지 않았겠소. 그 거름 위에서 이리 태어난 거라.

― 아, 어쩐지 줄기가 대차고 새순이 보드랍다 생각했소.

― 거기는 뿌리 힘이 어찌나 센지 내 뿌리 허리를 휘감아 둘둘 감아 놓지 않았는가. 제초제로도 못 죽인 이 늙은 잡초를 뽑을 기세구려.

― 아, 내가 감은 것이 그짝의 뿌리였나 보오. 미안하게 됐소. 굵고 힘이 좋아서 박아 놓은 말뚝인 줄 착각했소. 감은 뿌리를 풀어드리리다.

― 살고자 하는 맴을 따른 것뿐인데 뭔 잘못이라 하겠소. 이왕

지사 나도 감고 올라갈 동무가 필요한데 서로 감고 억척스레 살 아납시다그려.

몇 평 되지 않은 공터에 자라고 있는 질경이와 이름 모를 잡초 의 대화였다.

그저 벤치에 앉아 발아래 피어난 질경이와 잡초의 이야기를 들 었을 뿐인데 고덕의 마음은 저릿했다. 경계의 언어를 얻고 난 뒤, 이 세상의 수많은 생명이 얼마나 고유하고 소중한 존재인지 알게 되었다. 인간으로 백 년을 산다 해도 몰랐을 세계를 이해하게 된 후 살아 있는 모든 것 앞에서 절로 고개가 숙어졌다.

삭정이로부터 2회차 목숨을 받은 뒤로 나무가 내는 소리, 땅이 내는 소리, 거대한 바다의 울림을 듣게 되었다. 모든 것이 낯설고 도 신기했다. 거대한 존재는 온몸을 울리는 소리를 냈고, 작은 존 재는 귓가에 속삭이는 듯한 작은 소리를 냈다.

고덕은 낯선 소리가 들릴 때마다 제 안의 다이얼을 돌려 완전 한 소리를 찾고자 했다. 오른쪽, 왼쪽으로 금고의 다이얼을 돌리 듯 한동안 정신을 집중하다 보면 소리의 온전한 주파수를 찾아 낼 때가 있었다.

'다디달아.'

새벽녘 땅에 스며든 이슬을 마신 나무가 깨어나며 내는 소리였다. 그 맑은 물을 마시고 떠오르는 햇살을 받으며 기지개를 쭉 켜는 나무의 소리는 봄의 정령이 내는 소리였다.

쉬이이— 바람이 지나가면, 그 바람길 가운데 서서 가만히 눈을 감고 바람의 소리를 들어 보았다. 희한하게도 바람은 저 산 너머 바다의 파도 소리를 전해 주길 좋아했다. 휘이이— 바람은 제 소리 위에 파도를 태워 왔다.

바람은 철썩— 철썩— 파도의 소리를 전했다.

살아 있는 모든 것들은 제 소리를 내면서 또한 주변의 소리를 전했다. 나무는 인간의 소리를, 바람은 파도의 소리를, 구름은 북의 소리를. 서로를 받아들이며 함께했다.

한마디로 경이로움이었다. 서로 다른 소리는 뒤섞여 화음이 되었다.

고양이의 두 번째 능력을 얻은 뒤 듣게 된 이 세계는 고덕을 다시 태어나게 했다. 이토록 놀라운 능력으로 살아 있는 모든 것들과 함께해 온 고양이들은 얼마나 경이로운 존재인가. 고덕은 새삼스레 다시 보게 되었다.

천 년 집사가 되기 위해 한 생명을 얻고 능력치를 취하는 과정이 게임 아이템을 하나씩 획득하는 것처럼, 혹은 정류장 하나씩을 거쳐 가는 것처럼 단순하다고 여겼던 생각이 완전히 오판이었음이 드러났다.

그랬다. 인간이 만물의 영장이란 말은 그들의 좁은 소견일 뿐, 살아 있는 모든 것은 각자의 심오한 세계를 품고 있었다.

그걸 이해하는 능력 또한 세계의 지평을 넓히는 과정이었다.

더 큰 능력을 얻을수록 더 넓은 세계를 이해하고 더 많은 것을 보듬어야 할 의무가 따랐다. 땅바닥에 가만히 뺨을 대고 흙의 소리를 듣던 고덕은 질경이와 잡초가 서로의 존재를 받아들이며 공존하는 이야기에 진한 울림을 느꼈다. 그때 쿵쿵— 거대한 거인이 땅바닥을 울리는 소리가 들려왔다. 또다시 쿵쿵—.

어디선가 잠을 자던 애벌레가 태어나는 소리 같았다.

"땅속에서 사슴벌레 알이 깨어나는 소리인가? 거인이 쿵쿵 걸어오는 소리를 내네."

"아닐걸?"

"응?"

고덕이 고개를 돌려 투명 케이지 안에 든 분홍을 바라보자, 분홍이 보란 듯이 제자리에서 발을 굴렀다. 쿵쿵—.

"'쿵쿵'은 집사 기다리다 짜증 난 고양이가 발을 구르며 내는 소리이지 않을까?"

"아, 너였어?"

"집사, 갈 길 바쁜데 언제까지 흙바닥에 귀를 대고 있을 거야?"

"미안, 세상 소리가 너무 신기해서."

"정신 참 산만하다. 소풍 나온 것도 아니고 집 나간 고양이 찾으러 나온 사람이 천하태평일세."

"그러게."

"그러다 개풀 뜯어 먹는 소리도 좋다 하겠네."

"너도 그 얘기 들었어?"

"뭐?"

"나 방금도 잡초랑 질경이가 하는 이야기를 들은 건데."

"이건 무슨 정신 나간 소리야."

"좀 전에……."

"응, 난 안 들어. 모든 소리에 주파수를 맞추고 살면 피곤해져. 적당히 스위치 끄고 살아."

"이 소리를 들어야 그 살인마를 잡을 수 있는 거 아닐까?"

"살인마가 누군지 잡초가 알려 준다고? 집사, 열나냐?"

분홍은 케이지에서 나와 이마를 짚어 보는 척하며 고덕의 이마를 발로 밀어 버렸다. 무언의 지청구에 정신을 차릴 법도 한데 말을 뱉고 나니 고덕은 더 큰 확신이 들었다.

'그래, 나는 그 모든 풀 가운데 희한하게 칡이 내는 소리가 좋더라.'

외할머니가 산비탈의 칡을 뽑으며 "이놈 천년만년 죽지도 않고 기어이 살아 돌아온 각설이 같은 놈!"하고 욕하던 그 징글징글한 뿌리를 가진 잡풀이 좋다니. 고덕 스스로도 이해하기 힘든 일이었다. 굳이 표현하자면, 그들은 평상에 앉아 햇볕을 쪼이고 있는 할머니처럼 조곤조곤, 마른 입을 달싹거리며 말하기를 즐기는 다정하고 투박한 존재였다. 날씨 이야기, 오가는 동물 이야기, 땅속으로 내려 보이지 않는 뿌리들이 튼튼하게 잘 자라고 있는 이야기.

외지에 나간 자식들의 안부를 묻듯이 그들의 대화는 정겹고 일상적이었다.

믿기 어렵겠지만, 칡은 주변의 존재들에게 이렇게 말했다.

"나 자네 좀 휘감아 올라감세."

칡은 자기가 감고 올라갈 울타리에게 그리 정겨운 부탁의 말을 전했다. 인간에게 징글징글한 칡이 자연에서는 어찌 공생하며 질긴 목숨을 이어 왔는지 알 수 있는 대목이었다. 함께 공존하는 것, 또한 존재를 부탁하는 것.

하늘로 솟구친 것이라면 무엇이든 둘둘 감아 올라가면서 칡은 추위에도, 짠 바닷바람에도 꺾이지 않았다. 강한 그들은 혹독한 겨울을 지나도 얼어 죽지 않고 살아나 이듬해엔 더 굵은 줄기를 뻗었고, 종내에는 나무를 흉내 낸 모양새가 되었다.

처음엔 풀인 줄 알았으나, 어느새 나무가 되어 숲을 이루었고, 성정대로 엇갈려 달리며 위로 뻗어 나갔다. 다른 이의 자리를 탐하지 않았으나, 주어진 생을 오롯이 살기 위해 그저 무엇이든 감아 올라가며.

백여 년 전, 모든 것을 빼앗긴 사람들이 그 뿌리를 씹어 먹으며 삶을 연명할 수 있도록 해 준 강인한 힘을 가진, 흔하고도 질긴 것이 바로 칡이었다. 고덕은 그 작은 존재들이 내는 소리를 듣게 된 것이 가장 좋았다.

"한심하게도 칡이란 말이지."

분홍은 마뜩잖은 듯 쯧— 혀뿌리를 걷어찼으나 이내 입을 닫았다. 바람이 세게 불자 분홍은 다시 케이지 안으로 들어갔다. 고덕은 케이지의 지퍼를 살며시 닫았다. 좀체 집 밖으로 나오지 않는 분홍을 데리고 나온 터라 행동이 조심스러웠다.

"걔들이 정말 이 근처에 있을까?"

"집에서 키웠던 고양이들은 아파트 단지를 벗어나지 않아. 특히 시장이나 빌딩 근처로는 잘 가지 않지. 유기묘 보호소에도 없다면 다른 사람이 구조해 입양했거나 떠돌이 생활을 하고 있을 거야."

"반경 4킬로미터 안은 다 뒤져 본 것 같은데 한 마리도 못 찾았잖아."

"작정하고 떠났잖아. 이미 일부는 죽었을 가능성도 크고."

그 말에 고덕의 마음이 무거워졌다. 고덕에게 집을 비워 주고 떠나 버린 일곱 마리의 고양이들이었다. 마지막 삼순의 말이 아니었다면 고덕은 그들이 왜 떠났는지 이유조차 알 수 없었을 것이다. 새끼 고양이에게 목숨 하나를 받을 만한 가치가 있다는 걸 스스로 증명해 보이라던 삼순의 마지막 말이 그의 마음을 무겁게 짓눌렀다.

엄마가 남긴 아이들의 사진 몇 장을 들고 거리를 헤매길 한 달째였다. 단 한 마리도 찾지 못한 건 분홍의 말대로 멀리 떠났거나 죽었을 가능성이 높다는 뜻이었다. 시간은 속절없이 흘러가고 있었고 그들이 고덕의 소문을 듣고 제 발로 돌아오길 기다리기엔 속이 탔다. 그래서 분홍에게 도움을 청했다.

"저기 저 아파트 단지 뒷길로 올라가 봐."

"저긴 산길도 없는데."

"그러니까. 아파트 터줏대감들 때문에 단지 안으로 들어오지 못했으면 그 경계 어딘가에 있을 가능성이 높지. 사람들 다니지 않는 길로 숨어들었을 거야."

고덕은 사람이 다니지 않은 산길로 올라갔다. 무성한 수풀로 우거진 길을 따라 올라가다 보니 간간이 고양이의 흔적이 보였다.

발견할 때마다 분홍이 내려와 그 흔적을 확인했다. 털 색깔을 살펴보고 킁킁 냄새를 맡으며 어떤 고양이인지 종류를 가늠해 보았다. 그러나 아무리 흔적을 쫓아도 엄마가 키우던 일곱 마리 고양이들은 찾을 수 없었다. 고덕은 자신의 힘으로 삼순을 비롯

한 나머지 고양이를 찾을 수 없다는 걸 깨달았다.

결국 주변에 도움을 청할 수밖에 없었다.

그러나 고양이의 비밀을 털어놓았을 때 자신을 정신병자로 치부하지 않을 유일한 사람은 테오뿐이었다. 고덕의 고민을 들은 테오는 적극적으로 고양이들 찾기에 두 팔을 걷어붙이고 나섰다.

물론 아주 사소한 문제가 있었는데 그것은 테오가 미국에서 나고 자란 길치라는 점이었다. 유기묘 보호소를 찾아가라고 하더니 본인이 길을 헤매는 바람에 고덕이 파출소로 테오를 데리러 간 일이 많았다는 점, 그게 '티에 옥'이랄까.

본인 말로는 냄새를 쫓아갔다는데 왜 모든 냄새가 파출소에서 끊겼는지는 종잡을 수 없었다. 고덕이 길을 잃은 테오를 데리러 다니길 몇 번, 오늘도 테오에게서 문자가 도착했다.

― 형, 저 B시 보호소예요.

― 어디 파출소인데?

― 파출소 아니고 보호소예요. 냄새를 쫓아왔는데 여기 삼순이랑 비슷한 고양이가 있어요.

― 거기 위치 보내 봐.

별 기대 없이 주소를 요구한 고덕에게 사진 한 장이 도착했다. 테오는 털이 뭉치고 몰골이 말이 아닌 삼색 고양이 사진 한 장을 보내왔다. 몸 한쪽이 불에 탄 것처럼 그을려 있었는데 측면을 찍은 사진이라 얼굴이 보이지 않았다. 자신이 알던 삼순과는 전혀 딴판인 고양이였다. 확신은 없었지만, 직접 눈으로 확인해 봐야 했다.

고덕은 테오가 찾아간 유기묘 보호소로 달려갔다. 그를 기다리고 있던 테오가 고덕에게 사진 속 고양이를 안내했다. 가장 구석진 자리의 철창 안에 등을 돌리고 웅크리고 있는 고양이 한 마리가 있었다.

"저 고양이, 형이 보여 준 사진 속 삼순이랑 닮지 않았어요?"

"글쎄, 이렇게 봐선 잘 모르겠어. 얼굴도 안 보이고 덩치도 차이가 크게 나고. 근데 이 고양이는 어디서 구조된 거래?"

"누가 길에 유기한 고양이래요."

"키우다가?"

"CCTV 영상에는 어떤 젊은 여자가 길거리에 버리고 가는 모습이 찍혔다고 하더라고요."

"그럼 주인이 있었다는 소리잖아."

"그거야 모르죠. 그 사람도 이 고양이를 길에서 데려와 키우다가 다시 길에 버렸을 수도 있고요."

"아니, 무슨 물건도 아니고 책임감이라곤 눈곱만큼도……."

그 순간, 함께 온 분홍이 그를 쳐다보았고 고덕은 뜨끔한 마음이 들었다. 새끼 고양이들을 동물병원 앞에 버렸던 과거가 떠올랐기 때문이다.

"아무리 봐도 이 고양이는 삼순이랑 안 닮았어."

"그럼 이름을 불러 보세요. 삼순이란 이름을 기억하면 반응할지도 모르잖아요."

"……."

막상 이 순간을 맞닥뜨리자 왠지 모르게 겁이 났다. 고개를 묻고 있는 고양이를 향해 고덕이 조심스레 입을 뗐다.

"삼순아……."

그러나 고양이는 미동도 하지 않았다.

"삼순아, 너 혹시 삼순이 맞니?"

여러 번 불러도 고개 한번 돌리지 않았다.

"역시 아닌가."

"집사, 그냥 가."

분홍이 케이지를 두드리며 심통을 부리는 통에 더 있을 수도 없었다. 화장실에 가겠다는 분홍을 풀어 주고 고덕은 할 수 없이 차로 돌아왔다. 잠시 후 돌아온 분홍은 크게 기지개를 켜며 말했다.

"자, 오늘로 출장 열 번 채웠네. 2미터짜리 캣휠, 츄르 한 박스, 줄 달린 막대 장난감이야. 집사, 약속 지켜."

"알았어."

그들의 대화를 들은 테오가 빙그레 웃으며 말했다.

"아, 그게 분홍이 출장 수당이구나."

"당연하지! 세상에 공짜란 없어. 집 나간 고양이 한 마리 못 찾았어도 약속은 약속이야."

고덕은 말없이 집으로 차를 몰았다. 그는 아무 말도 하지 않았지만 자신 때문에 또다시 그 고양이들이 죽었을지 모른다는 자책에 괴로워하고 있다는 걸 알 수 있었다. 테오는 이상하게도 그 마음이 느껴졌다. 그리고 혼잣말처럼 말했다.

"근데 아까 그 고양이는 왜 울고 있었을까요?"

"응?"

"형이 삼순이냐고 물었을 때 그 고양이가 운 거요."

"난 아무것도 듣지 못했는데?"

"그 아이, 우는 걸 참느라 애쓰고 있었어요. 그 작은 몸을 떨면서. 왜 울고 있었을까요?"

"처지가 서러웠나 보지. 자길 버린 주인도 보고 싶고."

"……CCTV에 찍힌 그 젊은 여자가 '정 여사'였나 봐요."

"뭐?"

"자기를 버리고 간 여자요. 형이 오기 전까지 계속 그 이름을 불렀거든요."

고덕이 다급하게 갓길에 차를 멈춰 세웠다. 핸들을 움켜쥔 손이 하얗게 변해 있었다.

"방금 뭐라고 했어?"

"정…… 여사요. 꿈에서라도 만나고 싶었는지 혼잣말처럼 그랬어요."

"정 여사?"

"자기 주인 이름이었겠죠."

"……아니야. 정 여사는 절대 아니야."

"네?"

"정 여사는 절대 고양이를 버리지 않으니까!"

당연히 모른 척한 걸 수도 있었는데 얼굴을 확인하지 않고 돌아오다니, 바보 같으니라고!

고덕은 다급하게 차를 돌려 보호소로 향했다. 그러나 고덕이 보호소로 돌아왔을 때, 그 고양이가 있던 철장은 텅 빈 채였다. 망연자실한 고덕이 직원과 함께 주변을 살펴보러 뛰어나간 사이, 잠자코 보고 있던 테오가 분홍을 돌아보며 물었다.

"분홍아, 이유가 뭐야?"

"무슨 이유."

"삼순이 네가 풀어 줬잖아."

"……."

분홍의 눈이 날카로운 빛을 내며 테오를 쳐다봤다.

"다 알면서 왜 물어?"

"설마 네가 떠나라고 했어?"

"맞아."

"왜?"

"이제는 내 영역이니까 내 허락 없인 그 누구도 안 돼."

"근데 고덕 형이 고양이를 찾는 걸 돕겠다고 나선 길이잖아."

"돕겠다고 했지, 찾은 다음 집에 들인다고는 안 했어. 너야말로 왜 다 된 밥에 초를 치지."

"'다 된 밥에 초?' 그게 뭐야?"

"됐어, 미국 코쟁이 소년."

"'코쟁이 소년'은 또 무슨 뜻이야?"

"남의 일에 상관하지 말라고. 에잇, 입 아파."

"기분 나쁘게 했다면 미안해. 그런데 천 년 집사에 관련된 거라면 남의 일이 아니고 내 일이기도 해."

"쳇!"

분홍은 새초롬하게 고개를 돌리고 창밖을 보았다.

"그거 알아? 저 삼순이란 고양이는 앞으로 네 집사에게 받을 빚이 있는 인연의 고양이야."

아무런 대꾸가 없는 것으로 보아 테오는 분홍이 이미 그 사실을 알고 있었음을 깨달았다. 그렇다면 분홍은 왜 삼순을 거부하는 걸까.

"이유를 물어봐도 될까?"

테오의 조심스러운 질문에 분홍의 눈길이 좀 더 먼 곳을 향했다. 이윽고,

"정이 생기면 과업을 달성할 수 없어. 목숨을 받지 않을 고양이를 들이면 집사만 힘들어질 뿐이야."

"그럼 넌? 너는 이미 형이 키우는 고양이잖아. 그리고 정은 네가 준 것 같은데?"

"……내 집사는 쳤다 하면 사고, 했다 하면 오판, 떤다 하면 육갑이야. 아직 천 년 집사 1년도 못 채운 인간이 제 에너지를 어디에 낭비하고 살겠다는 건지."

분홍이 신경질적으로 그르렁거리자 테오가 피식 웃었다. 바로 그때, 주변을 둘러본 고덕이 빈손으로 보호소로 돌아왔다.

"보호소 근처에는 없어."

"작정하고 떠난 거면 못 찾을 거예요."

"그래도 주변을 좀 더 보고."

"알았어요. 근데 형! '너는 안 되고 나는 된다'를 한국말로 뭐라 그러지?"

"내로남불?"

"아, 그거. 내로남불."

그 말에 심기가 불편해진 분홍이 잇새로 하악질을 내뱉었다.

"아, 우리 분홍이가 내로남불 같은 말을 했구나."

"아니, 그냥 갑자기 그 말이 궁금해서."

"시끄러워, 미국 코쟁이 소년!"

테오가 아무런 타격 없이 분홍의 목 뒷덜미를 긁어 주자 고덕이 말했다.

"테오, 너는 같이 보호소 뒤편을 좀 더 찾아보자. 난 이쪽으로 갈 테니까 넌 주차장 쪽으로 가 봐."

고덕이 보호소 반대편으로 나가자 분홍이 다가와 테오의 발뒤꿈치를 꽉 깨물었다.

"뭐야, 하나도 안 아파."

"삼순이를 찾아 데려오면 진짜 아프게 물어 줄 거야. 자, 가 봐."

"찾지 말라며."

"찾는 시늉, 고양이 세수만 하라고."

테오는 방긋 웃으며 분홍을 안아 차에 데려다주었다. 푹신한 모포에 앉히고 마실 물을 넣어 주며 말했다.

"너무 날 세우지 말고 편히 있어. 만약 찾게 되면 우리 집으로 데려갈게. 너무 속상해하지 마."

"쳇!"

분홍은 테오가 다른 차 근처를 찾아보기 위해 떠나자 심드렁한 표정으로 차 밖을 내다보았다. 그리고 무성한 관목 숲 사이를 향해 혼잣말하듯 외쳤다.

"이래도 진심이 아니야?"

분홍의 말이 울음소리가 되어 숲으로 뻗어 나갔다.

"집을 나와 떠도는 소문을 들었을 텐데, 궁금하지 않냐고. 정말 저 사람이 천 년 집사가 될 인간인지 아닌지. 발톱의 때 같은 믿음이 있어서 마지막까지 남아 있었던 거 아니냐고."

그것은 숨어서 모든 것을 지켜보고 있는 누군가를 향한 말이자 자기 집사인 고덕을 위한 말이기도 했다.

분홍의 혼잣말은 그리 멀지 않은 곳에 숨은 누군가의 귓바퀴에 온전히 내려앉았다.

주변을 다 찾아보고 허탕을 친 뒤에야 고덕과 테오는 다시 보호소 사무실을 찾았다. 직원과 함께 CCTV 영상을 돌려보던 고덕과 테오는 삼순이 열린 문틈으로 철장에서 탈출하는 모습을 동영상으로 확인했다. 외부 CCTV에도 산속으로 내달리는 삼순의 모습이 찍혀 있었다. 결국 삼순은 자의로 떠났고 돌아오지 않을 것이란 심증이 확실해졌다.

"형, 너무 속상해하지 마세요. 삼순이가 아니었을 수도 있어요."

"그럴 수도 있다고 생각했는데 떠난 걸 보니 오히려 맞다는 생각이 들어."

"어째서요?"

"날 용서하지 않은 거지."

"그건 아닐 거예요. 오히려 걸림돌이 될까 봐⋯⋯. 어?"

테오는 CCTV 영상에서 무언가를 발견하고 시선을 고정한 채였다. 숲으로 내달렸던 고양이가 다시 보호소 쪽으로 내려오는 모습이 보였기 때문이다. 고양이는 헤매지 않고 곧장 주차장으로 가고 있었다.

두 사람의 시선은 이제 CCTV 영상이 아닌 창문 너머 주차장으로 향했다. 그들의 시선은 고덕의 차에 고정된 채였다. 그리고 그곳에서 실로 놀라운 광경이 펼쳐지고 있었다.

차 보닛에 앉아 천연덕스럽게 제 배를 그루밍하고 있는 분홍과 뒷좌석 케이지에 들어가 얌전히 앉아 있는 삼순이 한 프레임 안에 들어왔다. 한걸음에 달려온 두 사람을 보고도 분홍은 모르는 척 딴청을 피웠다.

"어떻게 된 거야?"

삼순도 대답이 없었다.

"분홍! 어떻게 된 거냐고."

"쟤 숨소리가 거칠고, 눈곱 끼고 눈까지 충혈된 거 보니 뭔 병에 걸린 것 같으니까 빨리 병원 데리고 가. 쟤랑 내가 같은 공간에 있으면 나까지 위험해진다고."

"정말이야? 삼순이 너 어디 아프니?"

고양이 말이 들림에도 삼순은 고덕의 말에 아무런 대답이 없었다. 보닛에 있던 분홍이 폴짝 뛰어올라 테오의 품에 안기며 말했다.

"오늘은 이 차 타고 집에 못 가니까, 테오 너는 오늘만 내 일일 집사 해."

"형, 분홍이 제가 데려가요?"

"오늘만 부탁할게. 택시 불러 줄 테니까 그거 타고 올 수 있지?"

"어이, 아빠 집사! 쟤 병원에 입원시키고 당신도 사우나 갔다가 옷 다 벗어서 드라이클리닝 맡기고 들어와. 집에 들어올 때 왕소금 셀프로 뿌리는 거 잊지 말고. 아니, 하루 동안 숙직실에서 자가 격리하고 집으로 와. 알았지?"

테오가 분홍을 향해 찡긋 윙크를 하자, 분홍은 쳇— 하고 고개를 돌리며 시선을 외면했다. 삼순을 돌아오게 한 것도 분홍이었지만 그 바람에 속을 끓이고 있는 것도 분홍이었다. 게다가 자신의 집사는 아무리 신경을 긁어 대도 긁히지 않는 인간이었다. 상처를 받지 않는 것은 좋으나 무엇으로 때려도 타격감이 없는 것은 예민한 고양이에겐 외려 피곤한 쪽이었다. 그래서 다짐을 받듯 말했다.

"쟤, 저 등딱지에 붙어 있는 빈대랑 진드기들 다 박멸하기 전에는 집에 한 발짝도 못 들어와! 다른 병 걸린 거 있는지 싹 검사해 봐! 그 똥구멍에 막대기 넣는 불쾌한 검사가 뭐지?"

"고양이 범백 진단 검사?"

"범백인지 범벅인지 그거 매일매일 시켜."

"우리 병원에서 보니까 키트 하고 혈액 검사에서 안 나오면 괜찮은 거 같던데."

"숨어서 닌자처럼 지내는 기간 있잖아. 하는 김에 중성화 수술도 하고 이빨 스케일링도 깨끗하게 해서 데려와. 그리고 확실히 못 박아 두는데, 같이 사는 거 아니야, 임보야! 임시 보호!"

그러나 누가 알았을까.

분홍이 말한 '숨어서 닌자처럼 지내는 기간'인 잠복기를 조심하라는 극성스러운 말이 삼순을 살리는 또 다른 기적이 될 줄. 눈에 보이는 증상 이외에도 다른 검사를 추가로 진행한 덕에 치명적인 '범백'에 걸렸다는 것을 확인할 수 있었다. 고양이 항문에 면봉을 넣어 분변으로 검사하는 첫 진단 키트에는 나오지 않았으나, 분홍이 일러 준 말이 있어 매일 검사를 반복한 덕분이었다.

어린 고양이의 치사율이 90퍼센트에 달한다는 고양이 범백은 성묘에게도 치명적이었다. 황천길에 발 하나를 담그고 돌아온 삼순은 '죽다 살아났다'는 표현을 쓸 만큼 사경을 헤맸다.

밥을 먹지 않아 주사기로 강제로 음식을 투여했고 연주와 서준이 교대로 야간 당직을 서며 돌봤다. 그렇게 꼬박 일주일 동안 생사를 오가던 삼순이 스스로 밥을 먹고 그루밍도 하자, 지켜보던 사람들의 입에서 안도의 한숨이 터져 나왔다.

"하, 이제 삼순이 살겠네! 살겠어!"

"그래, 다 네가 애쓴 덕분이야."

서준이 그동안의 마음고생을 알아주듯 연주의 어깨를 토닥이며 말했다.

"형, 이제 삼순이 괜찮아진 거야?"

"응, 혼자 밥을 먹는 걸 보니 한시름 놨다."

"위험했던 거지?"

"삼순이를 그때 찾아내지 못했으면 지금쯤 무지개다리를 건넜을지도 몰라. 아슬아슬했어."

테오는 눈빛에 생기가 돌기 시작한 삼순의 머리를 쓰다듬으며 말했다.

"견뎌 줘서 고마워. 대견해!"

비록 다른 고양이들을 다 찾지는 못했지만 삼순을 찾아 살렸다는 안도감은 죄책감에 시달리던 고덕에게 큰 위로가 되었다. 건강을 되찾은 삼순은 자신이 살던 옛집으로 극적으로 귀환하게 되었다. 그렇게 싫어했던 정 여사의 말종 아들 품에 안긴 채.

고덕은 방 하나를 통째로 삼순을 위해 비워 두고, 분홍이 괜찮다고 말할 때까지 두 마리의 합사는 미루기로 했다. 원래 이 집의 주인이었던 삼순이 객으로 밀려난 것이 새옹지마 같았으나, 삼순은 그런 현실을 담담히 받아들이는 듯 보였다.

그러나 삼순을 받아들인 분홍은 끝없이 삼순이 자신보다 서열이 아래라는 사실을 호칭으로 일깨웠다. '삼순'이라는 과거의 영화로운 이름 대신 '임보'라는 현재의 처절한 이름으로.

"어이, 임보."

"분홍아, 같이 살게 된 식구한테 임보가 뭐냐."

"임시 보호 고양이에게 임보라고 하지, 장보라고 하나."

"너보다 나이도 많은 어르신한테 그 말버릇 좀."

"난 박힌 돌이고, 임보는 굴러온 돌이야. 나이 계급장은 떼고 덤벼."

"하—."

"하긴 그렇기도 해의 '하'야, 하지만의 '하'야? 무슨 뜻인지 알지?"

"한 발로 할퀼지, 두 발로 할퀼지. 됐어?"

분홍은 세상 다시없을 악담을 퍼붓고 삼순을 경계하는 것처럼 말했지만 행동은 달랐다. 허약해진 삼순을 위해 자기 간식을 양보하기도 했다. 물론 몇 입 뜯어 먹고 질리니 '너나 먹어'라는 고양이식 아량을 베풀며.

III

애니멀 호더

그즈음 두썸띵 동물병원에도 새로운 식구가 늘었다.

분홍의 표현을 빌리자면, 월급쟁이란 제 사룟값을 벌기 위해 한 달씩 목줄이 메인 인간이었다. '두 썸남' 덕에 병원이 유명해지면서 길연주는 그 목줄을 새롭게 멜 수의테크니션을 뽑았다. 면접자 중 유독 특이한 사람이었는데, 그는 면접을 보는 내내 환자로 들어온 랙돌 고양이를 끌어안고 있었다고 한다.

경력은 길지 않았으나 연주는 다른 무엇보다 동물을 사랑하는 그 마음이 눈에 들어왔다. 짧게 이곳저곳을 옮겨 다닌 경력 때문에 채용을 망설이는 지윤 선생을 설득해 연주는 위진호를 새로운 수의테크니션으로 뽑았다.

그러나 막상 채용을 하고 나니 문제가 불거졌다.

화장실 들어갈 때와 나갈 때가 다른 게 아니라, 들어와서 앉은 모양새가 희한한 사람이었다.

일머리도 없고, 눈치도 없고, 실력도 없지만 동물을 좋아하는 것은 분명해 업무 시간 내내 좋아하는 고양이 한 마리를 끌어안고 있는 것이 '티에 옥'이었다.

"진호 씨는 동물원에 놀러 온 사람 같아요, 동물병원에 일하러 온 게 아니고."

지윤이 이리 돌려 말해도 진호는 아랑곳하지 않았다. 결국 여기저기 옮겨 다닌 경력이 무얼 증명하는지, 채용을 망설이던 지윤의 촉이 옳았음이 일주일도 지나지 않아 드러났다.

아무리 바빠도 뛰지 않았고, 기본 업무는커녕 시킨 일도 함흥차사인지라 결국 참다못한 지윤이 연주에게 건의했다.

"원장님, 테크니션을 한 명 더 뽑으시든지 위진호 씨를 자르시든지 둘 중 하나를 하세요. 스트레스 받아서 일 못 하겠어요."

"지윤 선생, 왜 이래. 경력이 많지 않아서 일을 배우는 중이잖아. 우리가 시간을 좀 더 주자고."

"다른 선생님들이 나가떨어질 판이에요."

"알았어요. 내가 사람 한 명 더 뽑을게요."

연주는 지윤의 성화에 다시 모집 공고를 올렸다. 이번에는 내심 관상을 잘 본다는 지윤의 촉으로 경력도 오래되고 큰 병원 근무 경력이 있는 사람을 채용했다. '정 선생'으로 불리는 그녀는 출근 첫날부터 약품 라벨 정리에서 창고 정리까지 몇 사람 몫을 톡

톡히 해내며 두썸띵 동물병원의 손발이 되었다.

그런데 아무도 예상하지 못한 일이 일어났다.

양반댁 마님마냥 손끝 하나 까딱하지 않던 위진호가 정 선생이 출근한 뒤 달라진 것이다. 위진호는 정 선생이 밀린 환자 차트 정리를 하려 하자 앞을 막아섰다. 그리고 무서운 집중력으로 밀린 차트를 정리하고 예방 접종 안내 문자까지 한 번에 발송했다. 그 모습에 지윤이 놀란 입을 다물지 못했다.

"테오야, 나 소름. 할 줄 알면서 안 했던 거였어."

"본인 말대로 천천히 하려고 했었나 봐요."

"아니, 내가 보기엔 정 선생 때문에 위기의식을 느껴서 그런 것 같은데. 정 선생이 일을 너무 잘해서 자기랑 비교되니까 질투심에 발악하는 거지. 저거, 저거 보통 여우가 아니네."

테오는 지윤의 말에 아무 대꾸도 하지 않고 바닥을 닦았다. 그러나 머릿속에는 다른 생각이 머물러 있었다.

연주보다 지윤이 사람 보는 눈은 더 정확했지만, 그런 지윤조차 위진호의 진면목을 알아보지 못했다. 단순히 꾀를 부리는 여우라고 생각하는 지윤과 달리, 테오는 위진호의 마음속에 더 커다란 어둠이 존재함을 알았다.

자신이 원하는 것이 있을 때 무섭게 모습과 태도를 바꾸는 그를 사람들은 그저 처세에 능하다고만 생각했다. 지윤이 연주보다 더 정확하게 느낀 것은 연주와 자신에게 보인 모습이 달랐기 때문이다. 위진호는 실권자인 원장 연주 앞에서 더 두꺼운 가면을 썼다. 동료이거나 혹은 그 이하라고 생각한 지윤 앞에서 드러냈던 것과 다른 모습이었다.

그렇기에 위진호는 바닥에 흘린 고양이 오줌이나 닦고 있는 테오 앞에서 더 쉽게 자신의 본모습을 드러냈다. 그리고 그보다 더 약한 존재인 고양이 앞에서는 어둠 속에 숨긴 본성을 드러냈다. 어쩌면 그는 욕망에 '순수한' 인간이었다. 또한, 영리했다. 단계적이고 실리적으로 사람들에게 자기 모습을 내비쳤고, 가면을 쓰지 않을 때가 되어야 비로소 자신의 맨살을 드러냈다. 이기적이고도 위선적인 게 그의 본모습이었다.

반면, 고덕에게는 어린아이같이 순진한 얼굴로 들이대는 테오가 골칫덩어리였다. 테오는 매일매일 출근 도장을 찍듯 그의 집을 찾아왔다. 고덕이 바빠지자 테오가 고양이를 돌보겠다고 나선 것이다. 고양이 사료 급식기가 자동이라고 말해 줬음에도 삼순과 분홍을 보고 싶다는 걸 말릴 재간이 없었다.

테오는 들어오자마자 손을 씻고 고양이 화장실을 치운 뒤, 더러워진 집까지 청소했다. 밀린 빨래를 세탁기에 넣어 돌리고 건조시켜 개어 놓기도 했다.

그저 고양이를 보러 오겠다는 말에 집 비밀번호를 알려 준 것뿐인데 테오는 고덕의 우렁각시 노릇까지 자처했다. 일이 이쯤 되니 고덕도 테오가 하는 일을 모른 척할 수 없었다.

"그냥 고양이만 보러 온다고 했잖아. 일은 하지 마."

"집이 너무 지저분하면 고양이들에게도 안 좋잖아요."

"내 마음이 불편해."

그 순간, 테오는 연주가 자신에게 했던 말이 떠올랐다.

"아, 형! 저 돈 필요해요. 그럼 일당을 주시면 되죠."

"돈 필요해? 왜?"

"아, 새 운동화 사려고요."

고덕은 현관문 앞에 놓인 테오의 운동화를 내다보았다. 누가 보아도 새 운동화였다.

"아닌 것 같은데?"

"운동화 사 모으는 게 취미예요."

"리셀러?"

"뭐, 그런……."

테오가 고덕의 집에 오려는 다른 이유가 있음을 알았지만 꼬치꼬치 캐묻는다 해도 말하고 싶어 하는 눈치가 아니었다.

"그리고 법정 시급으로 주세요. 주휴 수당도 계산해서."

"한국 온 지 얼마 안 되었다면서 이런 건 누가 가르쳐 주디?"

"저희 병원 원장님이요."

"아, 지난번에 삼순이 치료해 준 그 원장님? 병원이 너무 잘돼서 엄청 바쁘시던데?"

"네, 거의 24시간 대기조처럼 사세요. 응급 환자 찾아오면 새벽에도 병원으로 가시고요."

"야, 돈을 갈고리로 긁어모으는 소리가 들린다."

"근데 빚이 많대요. 병원 차리느라. 그래서 남자친구도 못 사귄대요. 빚 갚을 때까지."

"그 원장님 이름이 '길연주'라고 했지?"

"네, 이름이 참 좋은 거 같아요. 길연주, 길 위의 악사."

"듣고 보니 그렇네. 길고양이들과 어울리는 운명적인 이름이네."

다급하게 삼순을 치료할 때는 몰랐는데 몇 번 오며 가며 길연주를 본 뒤 기억 속 누군가가 떠올랐다. 직업병일 수도 있으나 한 번 본 사람에 대한 기억이 좋은 편이라 어디선가 본 듯한 얼굴이라는 생각이 뒤늦게 들었다.

길연주 원장을 어디서 만났을까. 정 여사를 통해 간접적으로 인연이 있었던 것일까. 막연하지만 과거에 스친 인연이라는 것만 흐릿하게 짐작될 뿐이었다.

"근데 원장님은 동물만 좋아하지, 사람 보는 눈이 없어요."

"응?"

"병원에 좀 이상한 사람을 뽑았어요. 지윤 선생님이 이력이 짧고 화려한 게 마음에 걸린다고 했는데 원장님은 그 사람이 고양이들을 너무 좋아한다고 합격시켰거든요. 근데 일도 안 하고 하루 종일 고양이들만 데리고 놀아요. 좀 섬뜩해요. 고양이를 좋아하는 것처럼 구는데 그냥 '애니멀 호더' 같고, 장난감으로만 생각하는 게 느껴져요. 사람은 자기가 이용할 도구로 생각하고."

"애니멀 호더? 그게 뭐야?"

"아, 호더는 자기가 키울 능력은 안 되는데 동물을 컬렉션처럼 모으기만 하고 방치하는 사람이요. 제대로 밥을 주지도 않고 배변을 치워 주지도 않아서 결국에는 죽게 만드는 학대자에 가깝죠. 가끔은……."

고덕은 테오의 이야기를 한 귀로 듣고 흘렸다.

하지만 얼마 지나지 않아 접수된 사건 현장을 찾아갔을 때, 테오가 말했던 그 단어가 머릿속을 스쳐 갔다.

'애니멀, 뭐더라.'

방송에 나온 가수나 탤런트를 보고 '저 사람 박 뭐더라', '과장님 차량 번호가 33무에 뭐더라' 고덕은 관심 밖의 일에 저장 공간을 한 자리도 내주지 않는 자신의 기억력을 탓했다.

세입자가 1년 넘게 월세를 내지 않아 결국 보증금에서 다 제하고도 손해가 발생해 집주인이 경찰에 신고한 사건이었다.

사실 이런 일은 수도 없이 발생했다. 명도 소송을 진행하는 와

중에 짐을 빼는 집주인과, 못 나가겠다고 버티는 세입자 간의 실랑이.

하지만 이번 사건은 월세를 내겠다고 말만 하던 세입자가 몇 달 전부터 아예 연락도 닿지 않았다. 게다가 같은 층 이웃들은 하루 종일 이어지는 고양이 울음소리와 악취에 고통받고 있다며 경찰에 여러 건의 신고를 접수한 상태였다.

결국 '월세 체납 명도 소송'에서 승소한 집주인이 판결문을 들고 세입자의 집을 방문해 강제 집행에 이르게 되었다. 미리 주어진 계고 기한 동안 스스로 퇴거하겠다던 임차인은 또다시 잠적했다.

본집행에 이르게 된 집주인은 열쇠공과 이사업체를 불러 문을 따고 들어갔다. 그들이 목격한 장면은 처참함 그 자체였다.

집주인은 바로 경찰에 신고했고, 그 현장에 고덕이 출동하게 된 것이다.

엘리베이터에서 내리자마자 복도 가득한 악취가 코를 찔렀다. 고양이 특유의 배변 냄새와 사체 썩는 내가 혼재된, 이루 말로 표현할 수 없는 악취였다. 집주인의 안내로 들어선 원룸은 온전한 벽지, 가구 하나 없었고 발 디딜 틈도 없었다.

이곳저곳에서 울고 있는 고양이들 곁에는 여러 마리의 고양이 사체가 뒤엉켜 있었고 그 옆에는 배변까지, 지옥도가 다름없었다.

"어떻게 된 겁니까?"

고덕이 인상을 쓰며 물었다.

"보시는 대로죠. 제가 임대업 수십 년 하면서 별별 일을 다 겪었는데 이런 경우는 처음입니다. 임차인이 키우던 고양이까지 놔두고 그대로 도망갔어요."

"얘들은 얼마나 방치된 거죠?"

"저도 모릅니다. 이웃들 말로는 고양이 울음소리가 이번 달 들어 더 심해졌다고 하는데 수도랑 전기 사용량이 없는 걸 보면 더 오래되었나 싶기도 해요. 살아 있는 고양이들도 힘이 빠져 생기가 없고 아사 직전인 거 같고요. 화장실 변기 물만 마시고 버텼더라고요."

"……."

"사람이 정말 짐승만도 못하다는 게 이런 거죠. 키울 자신이 없으면 애초에 들이지를 말든가, 한두 마리도 아니고 수십 마리를 모아서 죽게 만들고, 이게 사람이 할 짓입니까?"

"임차인 연락처 있으시죠?"

"연락도 안 받아요. 법원 판결문 받을 때는 성실히 퇴거하겠다, 어쩐다 했다던데 지금은 아예 없는 번호라고 뜨던데요."

"임대차 계약서 있으시죠?"

"네, 가지고 있습니다."

"조회해서 도망간 임차인 찾고 집주인 분께는 따로 연락드리도록 하겠습니다. 연락이 닿으면 손해 배상 청구하시죠."

"손해 비용 산정하면 다 주기나 한답니까? 뭐, 이거 손해 본 비용 받는다고 될 집도 아니고, 냄새부터 빼고 완전히 뜯어서 새로 인테리어 해야 할 판인데, 내 참! 기가 찹니다."

"임차인 찾고 연락 닿으면 알려 드리도록 하겠습니다."

"근데 얘들 굶겨 죽이고 학대한 건요? 그건 처벌 안 받아요?"

"그건 저희도 조서를 작성하고 자료를 모아서……."

"돈도 돈이지만 그 새끼 꼭 동물 학대로 처벌받게 해 주세요! 천벌 받을 놈이에요, 그거! 사람 새끼가 어디 할 짓이 없어서 고양이들 잡아다가 학대하고……. 순한 범생이인 척 가면을 쓰고서는."

그 마지막 말은 고덕의 뒷골을 잡아당기는 듯 섬뜩한 기분이 들게 했다. 한 번도 본 적이 없는 사람인데 어딘지 모르게 기시감이 들었다.

어디서 저 말을 들었을까. 고덕은 주민 등록 번호와 이름뿐인 이 남자가 자신이 아는 누군가와 연결되어 있다는 이상한 생각이 들었다. 동물 보호 단체에 구조되는 고양이들을 바라보며 한참을 생각에 잠긴 고덕은 문득 놀라운 사실을 깨달았다. 이곳에 유기된 고양이 중 같은 종은 단 한 마리도 없었다. 랙돌, 아비시니아, 노르웨이숲, 코리안쇼트헤어, 터키시앙고라, 샴, 러시안블루……. 모두 품종이 다른 고양이들이었다.

그 순간, 고양이들을 컬렉션처럼 모으는 사람이 있다는 테오의 말이 떠올랐다. 그리고 끊겼던 테오의 말이 다시 기억났다.

"……가끔은 애니멀 호더가 시간이 지나 연쇄 살인마가 되는 게 아닌가 싶어요. 예행 연습할 대상이 너무 가까이 있잖아요."

살인을 실습할 수 있는 최적의 장소, 도살자의 농장. 지금 자신이 서 있는 이곳은 그 기괴한 어둠의 결정체였다.

✶

새로 들어온 테크니션 정 선생이 자리를 잡으며 정신없이 돌아가던 두썸띵 동물병원도 어느 정도 체계를 잡아가는 것처럼 보였다. 10년 차 베테랑인 정 선생은 지윤 다음으로 많은 일을 하는 병원에 꼭 필요한 직원으로 자리매김했다. 수의테크니션의 중심은 자연스레 정 선생이 되었다. 뭔가를 물어보거나 부탁할 때도 사람들은 정 선생만 찾았다. 그저 '무늬만 직원'이길 바랐던 위진호는 자신의 바람대로 놀고먹는 직원이 되어 갔다. 힘을 써야 하는 자리에는 테오를, 전문 지식이 필요한 자리에는 서준이, 수의테크니션의 노하우가 필요한 자리에는 정 선생의 이름이 불렸다. 위진호는 꿰다 놓은 보릿자루가 되어 그 누구도 뭔가를 시키 거나 부탁하지 않은 존재가 되었다. 그저 고양이들에게 둘러싸여 행복한 나날을 보내는 동물병원 직원의 삶, 본인이 바라던 삶을 살게 된 것이다.

그러나 테오가 우려하던 대로 뜻하지 않은 곳에서 예상치 못 한 일이 터졌다.

금요일 회식을 마치고 주말 근무를 쉬었던 정 선생은 월요일이 되어도 출근하지 않았다. 단 한 번도 지각조차 한 적이 없던 사람 이라 이상하게 여긴 지윤이 전화를 걸었지만, 연결되지 않았다.

"정 선생한테 따로 연락받은 거 없어요?"

"네, 회식 끝나고 헤어진 게 다예요. 지금까지 한 번도 늦은 적 이 없는 사람인데, 무슨 일이 생긴 건가?"

"아프면 못 온다고 연락할 사람인데……."

그 말을 듣던 위진호가 조심스레 입을 열었다.

"연락해 볼 다른 가족은 모르세요? 전화번호라도."

"다 큰 성인인데 다른 가족 번호를 어떻게 알아요? 그냥 이력 서에 적힌 본인 번호가 끝이지."

모두가 난감해하는 사이, 지윤이 휴대 전화를 꺼내 무언가를 찾았다. 그러고는 한참 동안 뭔가를 타이핑하더니 말했다.

"정 선생님, 지금 병원에 입원 중이시래요."

"응? 누가 그래요?"

놀란 위진호가 되물었다.

"정 선생님이랑 저랑 SNS 팔로우거든요. 맞팔한 사람 중에 가족으로 보이는 사람한테 연락했더니 바로 답장 왔어요. 요새는 가족 관계 증명서 떼는 것보다 SNS가 더 빨라요."

입원했다는 말에 연주가 걱정하며 지윤에게 물었다.

"무슨 일로 입원한 거래요?"

"그냥 몸살감기가 심한가 봐요."

"그래요?"

"참, 원장님. 다음 달 일정표 메일로 보냈는데 확인하셨어요?"

"아니, 아직."

"빨리 확정해 주셔야 하는데."

연주와 지윤은 자연스레 원장실로 자리를 옮겼다. 둘만 이야기를 나눌 수 있는 공간으로 들어오자 지윤의 표정이 달라졌다. 연주도 무거운 표정으로 물었다.

"왜, 무슨 일인데요?"

사실 '메일을 확인한다'는 말은 두 사람이 쓰는 신호였다. 함께 있는 자리에서 할 수 있는 말을 굳이 메일로 보냈다는 건 '다른 사람들과 나눌 수 없는 이야기'라는 뜻이었다. 예전 병원에서 쓰던 은어를 오늘 다시 쓰게 된 것이다.

"정 선생님, 설사와 구토가 심해서 응급실 가셨다가 아주 위험했대요."

"왜요? 무슨 일로?"

"의료진이 증상이 너무 심한 게 이상해서 추가로 검사했는데 몸에서 치사량의 니코틴이 검출됐대요."

"니코틴? 그게 말이 돼요? 정 선생은 담배도 안 피우는데 무슨……"

차마 입에 담기 어려운 말이었다. 누군가 의도적으로 니코틴을 주입한 게 아닐까. 이미 어림짐작한 지윤과 달리, 뱉지 못한 말 속에 숨겨진 무서운 진의를 간파한 연주는 벌린 입을 다물지 못했다. 이 병원에서 유일하게 담배를 피우는 단 한 사람을 떠올린 순간, 이 니코틴 중독이 의미하는 가설이 무엇인지 깨달은 것이다.

"원장님, 지금부터 제 말 잘 들으세요. 그냥 평소처럼 행동하세요. 아무도 의심하지 않게. 저는 지난 한 달 동안 찍힌 CCTV 확인해 볼 거예요."

"설마……."

"원장님, 정신 바짝 차리세요. 지금부터 우리가 맞닥뜨리게 될 일이 뭐가 됐든 정신 차리자고요! 뭔가가 있었다면 회식이 있던 금요일이었을 거예요. 우리 회식했던 식당에도 요청할 거지만 눈이 많은 곳에서는 그럴 일이 없었겠죠. 아무래도 뭔가가 이뤄졌다면 이 병원 안에서일 거예요."

"……지윤 선생, 근데 왜 그랬을까? 왜 정 선생에게 그런 독극물을 먹였을까?"

"전 알 것 같은데요."

책상 아래에서 테오의 목이 삐죽 솟아나자 두 사람은 자지러지게 놀라며 소리쳤다. 두 사람의 비명에 책상 아래 숨어 있던 고양이들이 후다닥 튀어나와 구석으로 도망갔다.

"너 뭐야? 언제부터 거기 있었어?"

"애들이 오줌을 싸서 닦고 있었어요. 놀라게 해서 죄송해요."

"아, 아니! 그게 아니고, 우리 얘기 어디까지 들은 거니?"

"정 선생님이 아주 위독했고 몸에서 치사량의 니코틴이 검출됐다, 까지요. 누군가 의도적으로 독극물을 먹인 거로 보이고 CCTV 돌려서 확인하겠다."

"테오야! 너 절대 어디 가서 이 얘기 입 밖에도 꺼내면 안 돼! 절대 안 돼! 당분간 너희 형한테도."

"네."

테오가 두 사람의 말을 듣게 된 것을 신경 쓸 겨를이 없었다. 두 사람의 신경은 온통 니코틴의 주인이 누구인지에 쏠려 있었다.

"지윤 선생, 우리가 그 현장을 잡았다고 쳐요. 그 사람이 모르쇠로 나오면 어떡해? 다른 직원들까지 해코지하려고 들면 또 어떡하고?"

"……."

그 대목에서 두 사람 모두 침묵했다. 이렇게 큰 악의에 맞닥뜨려 본 적 없는 평범한 사람은 그 심연을 쫓아갈 수 없었다. 테오가 조심스레 손을 들며 말했다.

"저, 제가 한마디 해도 돼요?"

"……."

"이 일에 딱 맞는 사람을 아는데요. 알고 지내는 경찰 형인데 형사과에 있거든요. 그 형한테 말하고 도움을 얻는 게 어때요?"

"경찰?"

망설이는 연주와 달리 지윤은 테오의 의견을 받아들여야 한다고 연주를 설득했다. 만약 정 선생이 깨어나지 못했다면 이 일은 명백한 살인 사건이 된다. 이미 시도 자체로도 살인 미수였다. 그리고 이 일이 끝이 아니라면 다음 피해자가 이 병원 안의 누가 될지 생각하는 것만으로도 끔찍했다.

연주와 지윤, 테오는 아무 내색 없이 평상시처럼 행동하자고 약속했다. 연주와 지윤이 원장실에서 나오자 위진호가 두 사람의 동정을 살피는 게 느껴졌다. 둘만이 나눈 대화에 촉각을 세우고 있다는 걸 둔감한 연주조차 느낄 정도였다. 팽팽한 시선에 좌불안석이 되는 순간, 뒤따라 나온 테오가 연주에게 고양이를 안졌다.

고양이를 안아 든 연주는 위진호의 시선에 굳었던 몸이 풀리는 기분이었다. 고양이 털에 고개를 묻는 순간, 연주는 깨달았다. 고양이가 떨고 있는 자신을 진심으로 위로해 주고 있음을.

한 가지 큰 변화는 정 선생의 공백으로 두썸띵 동물병원은 다시 그 옛날의 정신없고 혼란스러운 개업 초기 수준으로 돌아갔다는 것이다. 밀려드는 동물 환자들과 예약이 밀린 보호자들의 원성 속에 하루를 보내고 모두 탈진한 채로 쓰러졌다. 그들의 퇴근을 막은 것은 산더미처럼 쌓인 서류였다.

위진호는 일손을 돕는 척하다가 집에 가서 고양이들 밥을 준다는 핑계로 서둘러 퇴근했다. 병원에 남은 사람은 연주와 지윤, 그리고 테오였다. 서준이 집에 가서 씻고 다시 병원으로 복귀하기로 한 한 시간 남짓 안에 세 사람은 해야 할 일이 있었다.

지윤이 한 달 치 CCTV를 보는 동안 고덕이 병원을 찾아왔다. 테오에게서 이야기를 들은 고덕은 병원 곳곳을 돌아다니며 CCTV의 사각지대를 살폈다. 그리고 또 한 번의 충격이 찾아왔다.

"원장님, CCTV 화면이 이상하네요."

"네?"

"찍히긴 찍혔는데 카메라 각도가 전부 조금씩 이상해요. 너무 천장 가까이 올려져 있거나 벽 쪽으로 붙어 있어서 각도가 잘 안 나오게 찍혔어요. 알고 계셨어요?"

"설치 업체에서 해 준 대로……."

연주가 고개를 들어 CCTV를 올려다본 순간 고덕이 그리 말한 이유를 알아차렸다. 각도를 수동으로 조절할 수 있는 CCTV의 카메라가 모두 뒤틀려 있었다. 영상은 정상적으로 찍혔지만, 수많은 사각지대가 생겨 녹화의 의미가 없어졌다.

모두가 바쁜 가운데 유일하게 자신의 시간을 가질 수 있는 사람, 다른 사람들의 눈을 피해 CCTV 화면을 조절할 수 있는 한 사람이 떠올랐다. 그나마 다행인 것은 위진호가 CCTV 녹화 영상을 보관하는 컴퓨터에는 접근할 수 없었기 때문에 지난 한 달 치 녹화 영상이 그대로 존재한다는 점이었다.

고덕은 선별적으로 녹화 영상을 확인하며 카메라 각도가 조정된 날을 찾았다. 한 달 전, 위진호가 근무한 며칠 뒤부터 영상의 각도가 틀어지기 시작했다. 바뀐 날짜를 찾고, 바뀐 시간을 찾아내기 위해 빨리 감기로 녹화 영상을 돌리다가 한 장면에서 영상이 멈췄다.

그 영상에는 마대를 들고 카메라를 툭툭 쳐서 각도를 조정하는 위진호의 얼굴이 또렷이 기록되어 있었다. 그는 카메라가 있는 곳마다 찾아가 각도를 뒤틀었다. 모두의 마음속에서 의심이 확신으로 바뀌는 순간이었다.

역시, 너였구나.

카메라 각도를 돌리고 비릿한 웃음을 흘리며 돌아서는 위진호의 본모습을 본 순간, 연주는 자신이 뽑은 인간이 얼마나 악마적인 존재인지 깨닫게 되었다.

고덕은 테오를 조용한 곳으로 불러 물었다.

"넌 어디까지 알고 있었어?"

"평소에 고양이를 좋아하는 사람처럼 보였는데 정작 고양이들은 이 사람을 너무 무서워해서 의심했었죠. 그 사람이 없을 때 아이들에게 물어보니 엑스레이 찍을 때 입을 막고 이상한 짓을 했었대요."

"이상한 짓?"

"탈구를 시킨다든가, 칼끝으로 살을 긁는다든가. 애들이 저한테 부탁했어요. 저 남자 인간을 이 병원에 못 들어오게 해 달라고, 자기를 지켜 달라고. 근데 좀 헷갈려요. 언뜻 봐서는 고양이들을 되게 좋아하는 거 같은데 실제로는 동물을 장난감처럼 대하거든요."

"네 말대로 장난감이었던 거지. 동물병원 직원인데도 가학적인 건 예상 밖이지만."

그 순간, 테오는 티그리스의 죽음에 가담했던 동물 복제 연구소의 직원들이 떠올랐다. 인간은 참, 제복과 직책이라는 가면을 쉽게 믿는 경향이 있다. 테오는 고덕이 자신에게 다른 질문을 던질까 봐 두려웠다.

너는 처음부터 그 사람의 죄가 보이지 않았니.

고덕이 의구심을 품고 물었다면 테오는 아무 대답도 하지 못했을 것이다. 다만 그는 스스로에게 답했다.

세상 모든 사람은 소소한 잘못을 저지르고 죄를 짓고 살아가요. 그걸 알기에 저는 죄를 보는 세 번째 능력을 제 다섯 번째 능력 안에 가둬 뒀어요. 그 그릇 속에 제 능력을 봉인했어요. 티그리스가 죽고 이 능력의 의미를 알게 된 이후 사람이 너무나 두려워져서.

테오는 고덕에게도 차마 그 말만은 할 수 없었다.

고덕은 하루치 녹화 영상 속 위진호의 행동을 면밀히 들여다보았다. 여느 직원들과 다름없어 보이지만 묘하게 겉돌며 자신만의 유희를 찾는 듯했다. 고덕은 그 영상을 USB에 옮겨 담았다. 그의 신상을 더 조사해야 자세한 부분을 알 수 있을 듯했다. 논리적으로 설명할 수는 없지만 보이지 않는 악이 위진호에게서 지독한 썩은 내가 되어 진동하는 느낌이었다.

"직원분 사는 곳이랑 연락처 좀 알려 주세요."

연주가 파일을 뒤져 이력서를 뽑아 주자 이를 받아 든 고덕의 얼굴이 일순간 굳었다. 그는 그제야 직원이라고만 부르던 위진호의 이름을 확인했다. 불과 얼마 전, 고양이들을 오피스텔에 방치해 굶겨 죽이고 사라진 악명의 세입자 이름을 이곳에서 다시 보게 될 줄이야.

"원장님, 직원분이 입원하셨다는 병원이 어딥니까?"

"정 선생이요?"

"그분을 꼭 만나 뵈어야겠습니다."

"정 선생은 왜 만나보시려는 거죠? 갑자기 경찰이 찾아가면 너무 놀라지 않으실까요? 아직 회복도 되지 않았는데 이런 얘기를 들으면 너무 충격받으실 것 같아서요."

"아뇨, 저를 기다리고 계실 것 같습니다. 여러분 중 유독 그분만 갑작스럽게 타깃이 됐죠. 그 말인즉 피해자가 위진호의 무언가를 알아차렸고, 그걸 감지한 위진호가 정 선생을 없애려 했을 가능성이 있다는 뜻이니까요. 위진호 입장에서는 직원들 중 자기에게 가장 걸림돌이 될 인물을 제거하고 싶었을 테죠."

그 말에 모두가 놀란 입을 다물지 못했다. 어쩌면 고덕이 이 사건의 본질을 더 잘 들여다보고 있을지도 몰랐다.

고덕이 정 선생이 입원한 병원으로 떠난 뒤 연주는 망설임 끝에 수화기를 들었다. 몇 번의 신호가 가고 누군가가 전화를 받았다.

"저, 안녕하세요. 저는 두썸땡 동물병원 원장 길연주라고 하는

데요. 혹시 원장 선생님과 통화할 수 있을까요?"

이렇게 다섯 군데 정도 통화를 마치고 전화를 끊은 뒤, 그녀는 자기 잘못이 무엇인지 깨달았다.

이력서상 위진호의 동물병원 근무 기록은 사실이었다. 하지만 그 기간이 적혀 있는 석 달은커녕 채 사흘도 되지 않았고, 수많은 분란을 일으켜 쫓겨나듯 퇴사를 했다.

사람을 검증하지 않은 것. 보이는 것만 쉽게 믿은 것. 왠지 꺼림칙하다는 지윤의 촉이 더 정확했던 셈이었다.

그중 위진호가 초반에 근무했던 한 동물병원의 나이 지긋한 원장은 이렇게 말했다.

"위진호란 사람은 주변을 이상하게 물들이는 사람이었습니다. 이게 이성적인 표현은 아닌데 본능적으로 곁에 두고 있기가 굉장히 찜찜하더라고요. 정체된 공간에 누군가가 들어왔는데 이 사람이 불쾌한 악취를 풍기고 있으면 그 공간 전체에 냄새가 배잖아요. 우리 병원에서 근무할 때는 그게 좀 더 심했어요. 사회화도 덜 됐고, 자기만 아는 데다 시키는 일도 안 했어요. 사람들 보는 앞에서 고양이 다리를 잡아 당기면서 낄낄거리더라고요. 직원들이나 보호자는 말할 것도 없고, 동물들도 이 남자를 싫어했어요. 그래서 제가 내보내려는데, 고용노동부에 신고하겠다고 난리였습니다."

"……그랬군요."

"지금 그 사람 거기서 근무하고 있습니까? 얼마나 됐습니까?"

"한 달 정도 됐습니다."

"꽤 오래 버티고 있네요. 아니, 하도 많이 쫓겨나서 이번에는 가면을 잘 쓰고 지내나 봅니다. 사실 위진호 씨 경력을 묻는 전화를 처음 받은 게 아닙니다. 옮긴 병원에서 며칠 있다가 전화가 오더군요. 그때마다 같은 얘기를 했습니다. 가능한 한 빨리 내보내시라고."

전화를 끊고 연주는 두 손으로 얼굴을 감싸 쥐었다. 그녀는 이모든 일이 자기 잘못인 것만 같아 죄책감에 휩싸였다. 너무나 안일하게 사람을 품으려고만 했다. 최소한 그 사람이 선인지 악인지는 가릴 눈이 있어야 했는데 연주는 악을 끌어안고 있었던 셈이었다.

들이지 말았어야 할 사람을 자신의 울타리 안에 들인 대가는 너무나 참혹했다. 지윤이 이력서를 보고 의심했다면 자신은 어떤 식으로든 그 이력서에 적힌 동물병원 근무 이력이 맞는지 확인했어야 옳았다.

왜 그렇게 많은 병원을 옮겨 다녔는지, 왜 그렇게 많은 병원 원장이 그를 내쫓았는지, 연주는 그저 인간의 단면만을 봤던 자신의 과오가 무엇인지 이제야 알게 되었다.

한편 자신을 찾아온 경찰 고덕을 마주한 정 선생은 고통 속에 한동안 말을 잇지 못했다. 여전한 속쓰림과 흉통에 밤잠을 못 잘 정도라고 했다. 그럼에도 나오지 않는 목소리를 쥐어짜며,

"그놈이에요, 그놈 짓이 분명해요."

"왜 그렇게 생각하시죠?"

"우연히 병원 CCTV를 올려다봤는데 하나같이 각도가 틀어진 게 보이더라고요. 그걸 유심히 보고 있는데 그놈이 다가와서 물었어요. 뭐, 문제 있냐고. 저는 그냥 '저 CCTV 이상하지 않냐'고만 했어요. 그놈도 이상해 보인다면서 원장님께 직접 말씀을 드리겠다고 하더라고요. 그리고 원장실로 가는 걸 본 게 다예요."

"그게 금요일이었고요?"

"네."

"위진호 씨가 그랬다는 걸 어떻게 확신하셨나요?"

"그날 환자가 너무 많아서 점심도 못 먹고 원장님이 준 쿠키 몇 개 먹은 게 다예요. 쿠키는 온 직원이 다 같이 먹었고요. 저는 다이어트하느라 주야장천 제 텀블러에 든 커피만 마셨어요. 회식 전에 병원에서 먹은 건 그것뿐이에요. 그리고 더 이상한 건 병원에서 나올 때 그 텀블러를 찾지 못했다는 거예요."

"텀블러가 의심되는데 그 증거물 행방은 알지 못한다⋯⋯."

"⋯⋯형사님."

정 선생은 심각한 표정으로 고덕을 불렀다.

"텀블러에서 뭐가 나와도 그놈이 오리발 내밀면 증거가 되지 못하죠?"

"그렇습니다. 직접 뭔가를 했다는 결정적 증거나 증인이 나오지 않는 이상 심증만으로 범행을 확신할 수는 없죠."

"……증인 있어요."

"네?"

"병원 탕비실에 가 보세요. 거기 증인이 있어요."

고덕은 연주와 지윤의 도움을 받아 한밤중에 다시 동물병원을 찾았다. 그리고 정 선생이 말한 탕비실로 향했다. 그곳에 있다는 '증인'을 찾기 위해서였다. 온갖 사료와 용품들, 배변 패드가 정신 없이 쌓여 있는 수납장의 가장 안쪽 자리에 그 증인이 숨겨져 있었다. 이미 배터리가 다 닳았지만, 그의 눈은 정확히 탕비실 커피 머신과 정수기 사이쯤 어딘가를 바라보고 있었다.

고덕은 집으로 돌아와 배터리를 충전한 뒤, 정 선생이 일러 준 대로 비밀번호를 입력했다. 휴대 전화가 켜지자 그는 곧장 영상이 보관되어 있을 갤러리를 열었다. 그곳에 장장 한 시간 30분짜리 녹화 영상이 하나 들어 있었다. 고덕은 영상을 복사해 컴퓨터로 옮기고 큰 화면에서 재생했다.

마침내 그 누구도 부인할 수 없는 증인의 눈이 되어 줄 구간이 나타났다. 고덕은 영상을 보고 또 봤다. 80년대 아날로그식 비디오테이프도 아니건만 스무 번쯤 돌려보고 나니 화면이 늘어지는 느낌이 들 정도였다. 그와 동시에, 코에 유동식 삽입관을 끼운 채 힘겹게 말을 이어 가던 정 선생의 말도 함께 재생되었다.

"의도했던 건 아니에요. 제가 정리해 둔 비품이 흐트러지거나 없어져서 그걸 확인하려고 설치한 거예요."

"처음부터 위진호 씨를 의심하셨나요?"

"……그냥 나를 좀 싫어하는구나. 막연히 그 정도만 알았는데 그날 돌아앉아 있는 저를 바라보는 진짜 얼굴을 봤죠. 제 뒤통수를 죽일듯이 노려보고 있더라고요. 섬뜩했어요……."

어쩌면 악은 자신을 알아보는 사람을 한눈에 알아보는 번뜩이는 눈을 가졌는지도 모른다. 위진호는 본능적으로 정 선생에게 위기감을 느꼈을 것이다. CCTV의 미묘한 변화를 눈치챈 정 선생의 밝은 눈이 두려웠고 그의 예상처럼 정 선생에게 뒷덜미를 잡힌 셈이었다.

그 한 시간 30분짜리 영상에는 탕비실을 드나드는 수많은 직원의 모습이 담겼다. 위진호는 딱 한 번 탕비실에 들어왔는데, 그는 너무나 자연스럽게 자신의 주머니에서 니코틴 원액이 든 병 하나를 꺼내 들었다. 그리고 음료를 만들듯 정 선생의 텀블러에 그 원액 몇 방울을 떨어뜨리고 뚜껑을 닫아 흔들었다. 니코틴 원액의 향이 올라오는지 뚜껑을 열어 향을 맡아 보는 철저한 모습도 보였다. 뭐가 그리 흡족한지 고개를 끄덕이며 텀블러를 그 자리에 둔 위진호는 탕비실을 나가기 전 거울에 비친 자기 머리를 매만지며 콧노래를 부르고 있었다.

다음 날, 고덕은 퇴근하는 위진호의 뒤를 쫓았다.

병원에 제출한 이력서상의 주소는 가짜였다. 그는 원래 살던 오피스텔에서 도망치듯 나와 현재 주거지가 불분명한 상태였다. 본가에 살지 않고 다른 임의의 곳에 거처를 두고 지내는 상황이라 그의 주소지를 확정하는 것이 급선무였다.

결국 고덕이 위진호의 뒤를 밟아 그가 사는 또 다른 오피스텔의 주소를 알아내고 압수 수색을 요청했다. 정 선생의 휴대 전화에 찍힌 영상을 증거물로 제출해 검사가 법원에 수색 영장을 신청했다. 이윽고 판사가 심사 후 영장을 발부하자, 고덕의 경찰팀이 위진호의 검거에 나섰다.

퇴근하는 위진호가 자기 집 문을 열고 들어서는 순간, 잠복하고 있던 수사관들이 들이닥쳤다.

다른 수사관들이 증거물을 찾는 사이, 고덕은 혹시 모를 사태에 대비해 케이지 여러 개를 들고 집 안으로 들어갔다. 그러나 집 어디에도 고양이 한 마리 보이지 않았다. 그의 공간 안에 그토록 좋아하는 고양이가 한 마리도 없다는 사실에 고덕은 적잖이 당황했다.

"위진호 씨, 고양이들은 어디에 있습니까?"

"무슨 고양이요?"

"당신은 애니멀 호더잖아. 당신이 장난감처럼 모아서 학대하고 버렸던 그 수많은 고양이, 설마 모른다고 하지는 않겠지?"

"무슨 소리를 하는지."

"나머지 고양이들 어디 있어?"

"내가 미쳤다고 그것들을 사람 사는 데 들일까. 난 집에 고양이 털 날리는 거 딱 질색인 사람이라."

위진호가 비릿한 웃음을 흘리자 고덕의 등줄기에 식은땀이 흘렀다.

그가 한 말은 고덕이 위진호를 얼마나 잘못 짚었는지 알려 주는 말이었다. 이 남자는 단순한 애니멀 호더가 아니었다. 그에게 고양이란 그저 가학의 대상일 뿐, 모으는 걸 즐기는 차원을 넘어선 실험 대상으로서의 존재였다. 그렇기에 자신의 공간과 분리된 곳에서 동물들을 학대하고 즐겼던 것이었다.

단 하나 다행인 것은 살아 있는 진짜 고양이가 없어도 그의 컴퓨터 하드디스크와 수많은 외장하드에는 위진호가 좋아하는 고양이 증거 영상이 가득했다는 점이다. 그는 개와 고양이의 관절을 탈구시키는 걸 즐겼는데 주로 뒷다리를 못 쓰게 만들어 방바닥을 기어다니는 걸 관찰하며 재미있어했다. 토치 불에 털을 태우다 못해 살을 태우는 장면은 차마 맨정신으로 볼 수 없을 만큼 처참했다. 살점을 떼어 내기 시작한 영상이 가장 최근의 것임에 안도해야 했다. 어쩌면 그는 가학의 대상을 고양이에서 사람으로 옮기는 시점이었을지도 모른다. 그 첫 대상이 정 선생이 될 뻔한 절체절명의 순간이었다.

그가 더 큰 괴물이 되기 전에 이 시점에서 검거된 것은 하늘의 뜻이 아닌가. 어쩌면 고양이들이 고덕에게 준 죄과에 대한 만회의 기회가 아닌가 하는 생각도 들었다.

일명 '위진호 사건'의 여파는 상당히 오랫동안 여러 사람의 마음을 힘들게 했다. 장장 석 달이 지나고 두썸띵 동물병원으로 정 선생이 다시 출근했을 때, 길연주는 정 선생을 끌어안고 어린아이처럼 엉엉 울었다. 그런 길연주를 정 선생이 위로하며 말했다.

"원장님, 잘못이 아니라니까요. 그만 우세요."

"돌아와 줘서 고마워요. 정말 고마워요."

"이제 다 나았는데요 뭘."

"근데 여긴 돌아오기 꺼림칙한 곳이잖아요. 그 위진…… 때때로 생각나서 힘들 수도 있잖아요."

"그 반대예요. 지금까지 일한 곳 중에서 두썸띵 동물병원이 제일 재미있고 좋은 곳이었어요. 그러니까 다시 왔죠. 그런 나쁜 놈은 어디에 가든 있어요. 그런 놈이 있다고 좋은 사람, 좋은 곳을 마다하면 안 되죠."

보고 있던 지윤도 정 선생의 손을 꼭 잡고 말했다.

"정 선생님은 정말 강인한 사람 같아요. 위진, 아니 니코틴 그놈을 잡은 것도 다 정 선생님 덕이에요. 이렇게 씩씩하게 돌아온 것도 너무 존경스럽고요."

"아유, 존경은 무슨! 근데 위진호가 금기어예요? 왜들 말을 하다 말아요?"

"네, 금기어 중에 상 금기어예요! 이름 한 번에 벌금 만 원이에요. 우리끼리는 니코틴으로 불러요."

너털웃음을 터뜨리던 정 선생은 지갑을 꺼내더니 만 원짜리를 한 장씩 빼 들며 외쳤다.

"내가 이놈의 위진호 때문에 오자마자 회식비를 다 뜯기네. 아유, 나쁜 위진호! 천하의 몹쓸 위진호! 고양이들한테 500만 년 동안 할퀴어 죽을 위진호! 에라이 천벌 받은 천하의 잡놈 같으니! 자, 5만 원 됐죠?"

밝고 활력 넘치는 정 선생의 귀환은 두썸띵 동물병원에 드리워진 우울한 그림자를 한 번에 걷어 냈다. 그렇게 병원은 다시 햇살처럼 밝게 빛나는 곳으로 돌아갔다.

반대로 또 다른 곳에서는 누군가의 정신이 갈려 나가고 있었다. 경찰 고덕은 증거로 수집된 위진호의 외장하드 속 영상을 검수해야 했고, 그 영상에서 고양이들이 내지르는 비명을 듣다가 자리를 뛰쳐나오는 일이 다반사였다. 오직 그의 귀에만 들리는 소리였다. 살려 달라고 외치며 엄마를 찾는 두 달 된 새끼 고양이의 처절한 흐느낌과 비명 소리는 꿈에서도 계속되었다. 밤마다 악몽에 시달렸고 수면제 없이 잠을 잘 수 없을 정도가 되었다. 깨어 있는 시간, 잠이 든 시간 모두 위진호가 만든 악취에 물들어 가고 있었다.

고덕이 점점 피폐해지자 분홍이 특별 조처를 했다.

"집사, 경찰의 정신이 이렇게 비스킷 조각 같아서야 쓰겠어?"

"그러게. 어느 정도 무뎌졌다고 생각했는데 아닌가 보다."

"휴대 전화 들고 쇼핑 앱 좀 열어 봐."

"왜?"

"지금부터 내가 사라고 하는 거 사."

"뭘 사고 싶은데?"

"일단 운동화."

"운동화? 나 365일 운동화만 신고 다니잖아. 필요 없어."

"평평한 거 말고, 앞코랑 뒤축이 바짝 들린 뜀박질 전용 운동화를 사라고!"

"이유나 묻자."

"일단 사."

분홍과 맞서 봤자 지는 쪽은 늘 고덕이었다. 감정적으로나 논리적으로도 분홍에게 상대가 되지 않았기에 고덕은 한숨만 푹 내쉬었다. 쇼핑 앱을 켜고 운동화를 탐색하는 사이 분홍이 사야 될 목록을 읊었다.

"색연필 24색이랑 컬러링북."

"색연필? 컬러링북? 그걸 왜?"

"사! 마지막으로 피아노."

피아노라는 대목에서 말문이 턱 막혔다. 도대체 말도 안 되는 이 물건들을 왜 사 모으라고 하는지 가늠할 수가 없었다.

"운동화랑 컬러링북은 그렇다 쳐. 밑도 끝도 없이 피아노는 왜 사라고 하는데? 심지어 나는 피아노 건반 한번 쳐 본 적 없고 좋은 피아노는 네 사룻값의 수십, 수백 배에 달하는데. 사들이는 순간 네 새로운 장난감은 사라지는 거라고."

"음, 그래? 장난감을 못 살 정도면 안 되지. 피아노는 바로 사는 건 무리겠네."

분홍은 자신이 손해를 볼 수도 있다는 사실을 인지한 순간 바로 꼬리를 내렸다.

"그럼 피아노를 가지고 있고 그걸 잘 가르쳐 줄 수 있는 인간을 만나러 가야겠다."

"뭘 가르쳐 준다고?"

자기 할 말을 끝낸 분홍은 입을 닫고 그루밍에 돌입했다.

그리고 이틀 뒤, 분홍이 사라고 명령한 운동화와 컬러링북이 도착했다. 컬러링북은 비닐 포장지에 싸여 있어서 분홍은 거들떠 보지도 않았지만, 운동화는 달랐다. 운동화 상자를 꺼내기 무섭 게 택배 상자 안에 분홍이 쏙 들어가 자리를 잡자 고덕은 '쇼핑 을 하라는 이유가 이 상자 때문이었나?' 어이없어했다.

"이러고 싶어서 쇼핑을 하라고 했던 거야?"

"겸사겸사."

고덕은 고개를 절레절레 흔들며 운동화 로고가 그려진 상자에 서 운동화를 꺼냈다. 또 다른 상자가 생기자 구석에서 그 광경을 지켜보던 삼순이 슬금슬금 다가와 분홍의 눈치를 봤다.

"삼순아, 너도 상자 갖고 싶어?"

"걔, 지금 내 눈치 보는 거야. 자기가 써도 되는지."

"이 상자는 내 건데 왜 네 눈치를 봐?"

"이봐, 집사! 서열은 정하는 게 아니고 느끼는 거야. 얘가 지금 이 집에서 가장 서열이 높은 존재가 나라는 걸 느끼는 거라고."

"어이가 없네."

"어이, 임보!"

그 말에 삼순이 꼬리를 말고 그 자리에 식빵을 굽는 자세로 앉왔다. 분홍이 큰 택배 상자에서 나와, 작은 상자로 옮겨 가며 말했다.

"넌 저 큰 상자로 가."

그 말이 끝나기가 무섭게 삼순은 큰 택배 상자로 들어가 자리를 잡고 그르렁그르렁 만족스러운 소리를 냈다.

"오, 분홍이! 큰 집을 내주고 대인배시네."

"흥! 집사가 아직 뭘 몰라서 큰일이야."

"내가 뭘 몰라?"

"고양이 세계에서 상자는 작으면 작을수록 좋은 거야. 조그만 상자에 자기 몸을 구겨 넣어 완전한 혼연일체가 되는 것이 더 높은 경지거든. 더 작을수록 자기 유연함이 돋보이지."

"오, 그런 큰 뜻이……."

"큰 집, 큰 차만 부르짖는 아둔한 인간이 심오한 고양이 세계를 알 리가 있나. 그리고 다음 주부터 피아노 레슨 잡혀 있으니까 퇴근하고 저녁 7시에 피아노 학원으로 가."

"웬 피아노 레슨? 나 퇴근하고 바로 헬스장 가는 거 알잖아."

"당신이 근육만 키우는 바람에 머리에서 풍선 빠지는 소리가 나잖아. 근육 말고 정신을 키우라고, 정신을!"

"그게 피아노랑 무슨 상관이야?"

그 말을 하자마자 분홍이 뛰어올라 고덕의 머리를 앞발로 퍽

펵 두 번 때리고 상자 안으로 돌아갔다. 그 광경을 지켜보던 삼순은 열린 상자의 뚜껑을 앞발로 조용히 닫고 상자 속에 숨었다. 고로 지금 분홍의 심기가 굉장히 불편하니 알아서 몸을 사려야 한다는 뜻이었다.

서열은 정하는 게 아니라 느끼는 것이라는 분홍의 표현이 옳았다.

고덕은 매주 월요일, 수요일, 금요일 퇴근 후 시장통 입구에 있는 피아노 학원을 찾아 《바이엘》 이론 수업부터 피아노 건반 누르기 기초 수업을 배웠다. 피아노 학원 이름은 희한하게도 '저울 피아노 학원'이었다.

더 이상한 건 바로 옆에 저울 가게가 있는데 보름만 되면 가게 앞은 고양이들로 문전성시를 이룬다는 점이었다. 또, 저울 피아노 학원도 꼭 보름만 되면 고양이들이 찾아와 연습실을 차지했다.

고덕은 새벽마다 헬스클럽 러닝머신이 아닌 동네 탄천 주변을 10킬로미터 정도 뛰었고, 화요일, 목요일 퇴근 후에는 집에 돌아와 분홍이 내 준 컬러링북 색칠 숙제를 해야 했다.

동물병원 일을 마치고 고덕의 집을 찾아온 테오는 색색의 색연필로 꽃을 칠하고 있는 고덕 옆에 앉아 함께 색칠했다.

"형, 이거 왜 해야 해요?"

"몰라, 나도 분홍이가 시키니까 하는 일이야. 물어보다가 두 대나 맞았어."

"아."

보고 있던 분홍이 한심하다는 듯 돌아보며 말했다.

"테오 너는 색칠 안 해도 돼. 네 마음은 이런 거 안 해도 예쁜 꽃밭이니까 할 필요 없어."

"그런 거야? 그럼 형 마음은 무슨 꽃밭인데?"

"꽃밭은커녕 똥밭이야. 이상한 영상 보다가 마음이 잿빛으로 물들었거든. 원래 색이 빨주노초였으면 그리 쉽게 물들지 않았을 텐데 집사 마음은 거의 백지상태였기 때문에 그런 검은 영상 몇 편에 물들어 버린 거야. 제 마음 색을 지키지 못하니까 이렇게라도 해서 마음의 색깔을 지켜야 하는 거야."

"아, 그렇구나."

"나한테도 처음부터 그렇게 설명해 줬으면 좋았잖아."

"집사는 두 대 맞고 시작하는 게 약발이 더 잘 먹히니까."

"색칠이 마음의 색을 찾는 거라면 운동화랑 피아노는 왜 그런 거야?"

"보면 몰라? 음악, 미술, 체육 다 예체능이잖아. 이 예체능이 집사 당신의 정신을 건강하게 유지해 주는 힘을 가진다고."

"우아!"

분홍의 말에 테오가 색연필을 내려놓고 손뼉을 쳤다. 그 말에 쳇― 냉소를 흘리던 분홍이 말했다.

"퇴근하고 정신을 채울 생각은 안 하고 그저 벌크업만 하려고 하니 여자가 꼬이나? 그러니 아직도 모태 솔로인 거지."

"그건 정신의 문제가 아니라 생김새 쪽이 아닐까. 아닌 말로, 테오는 물어보지도 않았는데 여자들이 전화번호를 알려 주잖아."

"그러니까! 집사 당신이 윤테오 얼굴이면 자웅동체 달팽이도 꼬시겠지만 보다시피 아니잖아. 얼굴을 갈아 끼울 게 아니라면 다른 면에서라도 월등히 뛰어나야겠지."

"이건 내 생각인데, 난 처음 고덕 형을 봤을 때 우리가 여러 면에서 닮았다고 생각했어. 비슷한 사람이라 천 년 집사 후보에 오른 건가 싶었어."

"정말? 테오 너도 그렇게 생각했어? 나도 너 처음 봤을 때 어딘지 모르게 친숙한 느낌이 들었거든."

"미쳤구나."

분홍이 끌끌 혀를 차며 도리질을 했지만 고덕의 근거 없는 자신감은 사그라지지 않았다. 고덕이 한쪽 머리를 쓸어 올리며 우쭐해하자, 분홍이 한심하다는 표정으로 말했다.

"이 집 거울을 바꾸든가, 집사 눈알을 바꾸든가, 둘 중에 하나를 해. 어딜 봐서 외모를 닮았다는 뜻이겠어. 애도 집사처럼 고양이를 찾는 마음이 간절하다는 뜻이겠지."

테오는 눈웃음을 지으며 분홍에게 말을 건넸다.

"어떻게 알았어? 난 사실 백 년 고양이를 애타게 찾는 쪽이라 천 년 집사는 고덕 형이 더 어울린다고 생각해. 그리고 오래전부터 분홍이 네 팬이야. 영상마다 네가 집사에게 하는 얘기를 다 들었거든. 너처럼 재미있고 용감한 고양이는 처음 봤어. 이렇게 실제로 만나게 되니 정말 좋다."

"흥, 생겨 먹은 인간 주제에!"

응? 고덕은 분홍이 뱉은 말에 잠시 주춤했다.

'생겨 먹은 인간?' 무슨 뜻이지?

그러나 곰곰이 생각해 보니, 더할 나위 없는 칭찬이 아닌가. 욕을 하는 듯했지만, 알고 보면 잘생겼음을 에둘러 칭찬해 준 말이었다. 생겨 먹지 못한 고덕으로서는 외면하듯 뒤돌아서서 골골송을 부르고 있는 분홍의 마음이 엿보였다.

테오와 고덕은 '생겨 먹은 인간'과 '생겨 먹지 않은 인간'이 나눌 법한 대화를 했다. 분홍이 던져 준 언어유희 장난감 하나를 두고 열띤 이야기를 나누는 동안 돌아앉아 있던 분홍은 무심히 제 털을 핥는 듯 보였다. 하지만 분홍의 머릿속은 복잡하게 돌아가고 있었다.

분홍은 두 사람의 분명한 차이점을 되짚고 있었다.

이고덕과 윤테오 모두 천 년 집사 레이스에 뛰어들었다는 점에서 같지만, 크게 다른 몇 가지가 있다.

테오의 소명은 '백 년 고양이를 찾는 것'이고, 고덕의 소명은 '천 년 집사가 돼라'였다. 언뜻 보면 비슷한 이야기처럼 들릴 테지만 이 두 임무에는 인간이 모르는 큰 비밀이 숨어 있었다. 분홍은 어림짐작함에도 섣불리 그 이야기를 입 밖에 낼 수 없었다. 그저 생각 없이 털을 핥는 척, 제 털이 침에 젖어 뭉쳐지는데도 생각의 끈이 놓이지 않았다.

두 사람과 한 고양이는 둘러앉아 함께 저녁 식사를 마쳤다.

사실 분홍의 식사를 먼저 챙겨 주고 집사 격인 인간 둘이 그 식탁의 끄트머리에서 변변찮은 식사를 끝냈다는 표현이 더 맞을 것이다.

고덕이 음식물 쓰레기를 버리러 간 사이, 식탁을 치우던 테오가 분홍에게 무심히 말을 건넸다.

"근데 분홍아."

이름을 불러 놓고 테오는 아무 말이 없었다.

"실없게 불러만 놓고 뜸 들이기는. 고덕 집사 닮아 가냐?"

"……넌 누구야?"

그 순간 서로의 시선이 허공에서 엮였다. 둘은 서로를 탐색하듯 바라봤다.

"무슨 얘기가 듣고 싶은 거야?"

"티그리스의 능력치를 받고 내가 읽지 못한 고양이는 없었어. 아직 만나지 못한 소문 속 '노묘'는 내 능력 밖이라 읽지 못할 수 있겠다고 생각하고 있었거든. 근데 너를 만나니 그 생각조차 틀렸다는 생각이 들어서."

"무슨 말이 듣고 싶은 건데? 내 회차를 알고 싶다는 거야?"

"3회차라고 말했잖아."

"그런데? 내 진짜 회차가 궁금한 거야?"

"아니. 회차 말고 네 원래 존재."

"밑도 끝도 없이 무슨 소리지?"

"왠지 넌, 고양이가 아닌 것 같아서. 참고로 나 죄를 보는 눈은 잠시 꺼 뒀어."

팽팽한 긴장감 속에 휩싸였을 때, 띠리링— 도어 록이 해제되며 고덕이 들어왔다. 둘은 아무 일 없었다는 듯 자기 자리로 돌아갔다.

"으, 음식물 쓰레기 봉투가 터져서 바지 버렸어."

분홍과 테오 사이의 긴장된 분위기를 읽지 못한 고덕 덕에 분위기는 다시 일상으로 돌아왔다. 이런 순간에는 고덕의 눈치 없음이 감사할 따름이었다.

씻고 옷을 갈아입고 나온 고덕은 분홍의 눈치를 보며 은근슬쩍 테오에게 조용히 다가왔다. 고덕이 휴대 전화를 내밀며 물었다.

"혹시 이런 테스트 해 본 적 있어?"

"뭔데요?"

"고양이가 착한지 알아보는 테스트."

"처음 보는데요."

고덕은 분홍이 멀찌감치 떨어져 있음을 확인하고 테오의 귀에 입을 가져다 대고 말했다.

"단계별로 고양이를 테스트하는 거야. 다들 자기 고양이가 얼마나 순한지 알아본다고 요즘 한창 인기라잖아."

"어, 설마 그걸 분홍이에게 해 보려고요?"

고덕은 이미 자기 혼자만의 상상으로 신이 난 터라 테오의 우려를 알아채지 못하고 문장을 읽었다.

"첫째, 앞발을 만져 본다. 둘째, 콧수염을 만져 본다. 셋째, 배를 만져 본다. 넷째, 꼬리를 잡아당겨 본다."

"가만히 있을 고양이가 별로 없을 것 같은데요."

그 말에 고덕과 테오의 시선이 자연스레 분홍에게 옮아갔다. 두 사람의 대화를 듣지 못한 채 거실에서 물을 마시고 있는 분홍을 보며 고덕이 자리에서 일어섰다. 테오는 그런 고덕을 말리려

손을 뻗었지만, 한발 늦었다.

물을 다 마신 분홍이 소파 위에 올라가 자기 발을 그루밍하자 고덕이 슬그머니 그 곁에 앉았다. 그리고 조심스레 분홍의 발에 손을 가져다 대었다. 분홍은 멈칫하더니 모른 척 발을 빼고 다시 자기 털을 핥기 시작했다.

거봐, 분홍이는 착하다니까. 테오에게 눈을 찡긋한 고덕이 분홍의 수염을 살짝 잡아당기자, 분홍은 그 자리에서 고개를 돌렸다. 고덕은 슬그머니 분홍의 배에 손을 가져가 통통한 뱃살을 쓰다듬었다. 그럼에도 분홍은 열심히 제 털을 핥을 뿐이었다.

이에 백배 용기를 얻은 고덕이 분홍의 꼬리를 잡자 분홍이 용수철처럼 솟구쳐 고덕의 뺨을 뒷발로 후려갈기며 말했다.

"인간아, 작작 좀 해! 작작! 계속 참아 주니까 내가 바보인 줄 알아?"

"미안, 미안!"

"어디서 이상한 얘기 주워듣고 와서 고양이 시험할 시간 있으면 색칠 공부나 제대로 하란 말이야!"

"난 그냥 사람들이 하도 해 보라고 하길래, 아니 해 보고 싶어서."

"너희 인간들은 멍청함도 유행이야. 누가 누가 더 멍청하나 내기하는 것도 아니고, 되지도 않는 테스트니 뭐니 만들어서 우리를 시험하고 낄낄거리는 거 우습지도 않아. 꺼져, 집사!"

고덕은 머리를 긁적이며 돌아섰지만, 분홍을 화나게 한 사건은 이렇게 일단락되지 않았다. 그 시간 이후 고덕은 분홍에게 수시로 발을 밟혔고, 코털을 뽑혔으며, 뒷발로 배를 강타당하고, 달린 꼬리가 없는 관계로 중요 부위를 걷어차였다. 그것도 한 번이 아닌 여러 번씩.

고덕은 억울함을 호소하며 물었다.

"난 겨우 한 번 했는데 넌 왜 여러 번 앙갚음해? 이건 너무하잖아. 아니, 복수랑 보은은 동급이라며? 복수에는 그렇게 열성적이면서 내가 도와주고 보살펴 준 은혜는 왜 안 갚는 건데?"

"수학적으로 정확히 계산해서 갚은 거야."

"도대체 어디를 정확하게 계산했다는 건데."

고덕의 말에 분홍이 목소리를 내리깔고 말했다.

"난 말이야. 너희 인간들이 만든 수학이라는 학문이 참 마음에 들어. 대수, 기하, 참 세상만사를 설명하기 좋은 개념들이거든."

"그래서, 뭐? 복수는 지금 갚고 보은은 나중에 한다고?"

"아니. 복수는 제곱이고 보은은 루트를 씌워 갚는다. 이게 고양이의 수학이야."

분홍은 고덕의 할 말을 잊게 만들어 전투 의지를 상실케 했다.

IV

세 번째 후보

부검실로 실습을 나온 젊은 의과 대학 학생들과 노교수가 부검용 시체 앞에 모여 있었다. 노교수가 조교의 도움을 받아 미리 벌려 놓은 내장의 손상 부위를 설명하자, 몇몇 학생이 사용하던 태블릿 PC를 슬쩍 들어 올렸다. 조교가 손을 들어 제지하며 말했다.

"부검실 안에서는 촬영 금지입니다. 필요한 자료는 따로 업로드할 테니 허락되지 않은 사진은 찍지 마세요."

몇몇이 웃고, 몇몇은 바람 빠지는 소리를 냈다. 젊은 세대의 기본값이 촬영이라는 사실에 노교수는 매번 놀랐다. 그들은 펜을 들어 필기하지 않았다.

사진을 찍어 텍스트를 추출하여 필기를 대신했고, 교수의 말을 녹음하여 자동 텍스트 완성 기능으로 노트를 만들었다. 이미지를 긁어 오고, 소리조차 실시간으로 문자로 변환해 주는 기능

덕분에 정작 자기 손가락에 펜을 끼워 글자를 쓰지 않았다. 그것이 어린 세대의 가장 놀라운 변화였다. 손가락을 움직여 글을 쓰지 않으니 쓰는 동안 생각을 굴리고 사유가 끼어들 시간이 존재하지 않았다. 펜을 잡는 힘이 사라진다는 것은 사유가 흐려짐을 의미한다는 사실을 직접 겪어 보고서야 알게 되었다.

수업을 마치고 떠나는 학생들이 흘리고 간 몇 마디 말이 교수의 머릿속을 맴돌았다.

"부검의가 비인기인 건 고강도에 박봉이어서가 아니라 SNS에 자랑할 사진 업로드가 안 돼서 아니냐?"

어린 학생들은 박장대소했고 늙은 교수는 참담함에 할 말을 잃었다.

그리하여 고속도로 위 공항버스든, 대학병원 부검실이든 남는 것은 머리에 서리가 내린 사람들뿐이라는 자조적인 이야기가 수긍되었다. 그의 입장에서는 자신이 몸담은 이곳 A대학병원의 사정도 마찬가지였다.

부검은 당연히 죽음의 건수에 비례했다. 부검은 일반적이지 않은 죽음이거나 요청에 따라 이뤄지지만, 병원 이송 전 자택에서 사망하여 사망 진단서를 받지 못한 경우에도 시행되었다. A대학병원은 규모에 비해 많은 부검이 이뤄지는 것으로 유명했다. 이 병원 부검실에서 3년만 버티면 웬만한 병원 진료과의 '장'을 단다는 말이 있었다.

국립과학수사연구소가 아닌 곳에서 부검이 이뤄진다는 사실이 생소한 이들도 있을 테지만, 실상은 알려진 것이 전부가 아니었다.

국과수로 보낼 만큼 법적 문제가 얽힌 사건이 아니고 병원 밖에서 사망한 외상 환자나 가족의 동의가 있는 경우에는 A대학병원 병리과 부검실에서 처리되는 일이 많았다.

경기도이긴 했지만 서울에 비해 병리과를 지망하는 사람이 적었고, 더군다나 여전히 비인기 학과로 치부되는 부검의 자리에 지원하는 의사가 없었다. 3년을 버티면 다른 병원 과장 자리가 '떼어 놓은 당상'이라는 소문을 흘렸음에도 사람이 없었다.

떼어 놓은 당상의 의미를 모르거나, '당상'이 뭐든 관심이 없거나, 둘 중의 하나였다.

산부인과, 소아과, 병리과는 의사들에게 혹독한 근무 환경으로 바뀌고 있었다. 병원을 경영하는 입장에서는 문을 닫아야 할 진료과가 늘었다.

병원장은 말끝마다 '요즘 애들', 'MZ들'이란 말을 달았지만, 그것이 그들의 문제도, 책임도 아니었다.

이유야 어쨌든, 은퇴를 넘긴 나이에 아직도 부검을 집도하고 있는 일흔을 앞둔 이 교수는 자신이 부검실의 마지막 부검의가 될 것이라는 생각이 들었다. 본인은 기술과 기예를 전수할 다음 세대를 찾지 못한 무형 문화재와 다를 바가 없다고 여겼으나 현실은 뒷방의 늙은이일 뿐이었다.

그의 부검 실력은 이제 정점에 달해 '천의무봉'에 가까웠는데 문제는 그의 생명 줄도 천국에 가까워졌다는 점이었다.

그 나이에도 일주일에 두 번씩 부검을 집도하는 걸 두고 젊은 사람도 혀를 내두를 정도였다.

이 교수의 곁에는 권역에 배당된 간호사 출신 검시관이 있었는데 '빡세기'로 소문난 현장을 두루 다니며 초과 근무를 하는 일이 잦았다. 서른 초반의 나이라 갈아 넣을 체력이 있다고들 추켜세웠지만 얼마나 고된 자리인지 모르는 것은 아니었다. 모두가 꺼려해 늘 공석이었던 검시관 자리에 함성혁이 내려왔을 때, 다들 속으로는 '뭘 모르는 치기'라며 혀를 끌끌 차면서도 내심 '얼마나 갈까' 생각했다.

사실 검시관은 사체의 사인을 판정하는 공무원 신분으로 사망 사건 현장에 도착해 자살인지, 행려병사인지, 사고사인지를 경찰관과 함께 검시하고 사인을 판명하는 전문가였다.

보통 임상병리사 검시관에 합격하면 대형 병원이나 국과수 등에 채용되는데 그는 우수한 성적에도 서울이 아닌 경기권에 지원했다.

사람들은 그런 치기를 전문 용어로 '한때'라고 불렀다. 그들 역시 '한때'가 있었고 '한때' 자기 일에 열의를 불태우던 시절이 있었다. 그러나 부족한 시스템의 구멍을 사람의 노동력으로 끼워맞추는 데 버틸 장사는 없었기에 늘 젊은 한때가 오고 그 한때를 다한 이들은 떠났다.

가뜩이나 일손이 부족한 부검실에 우수한 성적과 소양을 갖춘 검시관이 배정됐다는 것은 침침한 부검의의 눈이 번쩍 뜨일 일이었다.

이 교수가 부검실로 들어서자 천장에서 센 바람이 나와 곳곳에 흩어진 비릿한 냄새를 더 빠르게 그의 후각 세포로 가져왔다. 세균과 냄새를 바닥의 통풍구로 가라앉게 만드는 바람인 동시에 그 가운데 선 의사에게 더 빨리 냄새를 전달하는 시스템이었다.

그가 맡은 냄새는 하천의 비릿한 물 냄새였다. 오늘 들어온 사체는 하천 인근에서 쓰러진 채 발견된 50대 여성이었다. 왜 쓰러졌는지 주변에 목격자는 없었고 병원에 실려 온 뒤 사망해 국과수가 아닌 A병원 부검실로 오게 된 경우였다. 가족들이 부검에 동의했고 지병과 나이를 고려하면 별다른 문제가 없어 보이는 사건이었다.

이 교수는 침침한 눈을 비비며 함성혁에게 물었다.

"현장은 어땠나?"

"별다른 의심 정황은 없었습니다."

"와서 보게. 장기 출혈이나 내막 출혈 소견이 있나?"

"아뇨, 없습니다."

"다른 이상 소견은?"

"정상적으로 보입니다."

교수는 침침한 눈을 깜빡이며 말이 없었다. 검시관은 그를 재촉하지 않았다.

"사망 진단서에 의사 소견은 어떻게 적혀 있었지?"

"급성 심부전이었습니다."

"그런데도 담당의가 가족을 설득해 부검에 동의했고?"

"아뇨, 가족이 부검해 달라고 요청했습니다."

"사망 진단서에 사체 검안서를 빨리 받아서 화장하려는 모양이네. 나이가 애매해서 만성 심부전이 아니라 급성 심부전으로 보였군."

그러고도 한참 동안 그는 말이 없었다.

"교수님, 어떻게 할까요?"

"닫겠네. 서류는 자네가 마무리해 줄 수 있지?"

늙은 부검의가 장갑을 벗고 '급성 심부전'이라고 적어 넣자 검시관은 뒤처리에 손을 보탰다. 몇 달간 합을 맞춰 온 그들만의 방식이었다. 밀려 있는 부검 건수와 시간을 생각했을 때 가장 합리적인 선택일지도 몰랐다.

한 구의 시체를 다시 봉합하고 안치한 뒤 다음 건으로 넘어갔다. 사체를 꺼낸 순간 검시관은 담담해지려 애를 썼지만 감정 어린 표정이 스쳤다. 안면이 있는 얼굴이었다.

때마침 연구원 하나가 부검실로 찾아와 이 교수를 불렀다.

"교수님! 빨리 연구실로 올라가 보셔야겠어요."

"왜?"

"지난주 부검한 고인의 가족이 찾아와 난동을 피우고 있어요."

"뭐?"

"지난주에 사인을 자살로 기록하셨던 20대 여자 유가족이요."

"문제가 뭐지?"

"교수님이 자살이라고 사인을 적는 바람에 보험금을 못 받게 되었다며 악을 쓰고 난리가 아닙니다."

그러나 교수는 혼자만의 세상 속에서 뭔가를 골똘히 생각하는 모습이었다. 유가족이 부검의를 찾아오는 것은 정말 드문 일이었다. 우연히 알게 되어 고마움을 전하는 경우는 있어도 이렇게 막무가내로 행패를 부리는 일은 흔치 않았다.

이 교수가 연구실로 올라가는 사이, 보안 요원이 그들을 제지했다. 출동한 경찰이 도착하자 난동을 부리던 유가족은 연행되었다. 이 교수는 난장판이 된 연구실을 정리하고 부검실로 내려가지 않았다. 어쨌거나 소동은 소동이었던 터라 다시 일로 복귀하기가 쉽지 않았다.

한바탕 소동으로 평소보다 더 빨리 연구실 문을 닫고 모두가 돌아간 그 밤, 함 검시관이 다시 부검실로 돌아왔다. 그의 손에는 이 교수가 황망한 중에 놓고 간 출입 카드가 들려 있었다.

오늘 오후에 들어와 미처 확인하지 못한 3번 칸에 여성 시체가 있었다. 함 검시관은 그 시체를 꺼내 옮겼다. 목 주변에 손가락 끝으로 누른 듯한 흔적이 있었다. 절개해 보면 근처 근육 출혈이 발견될 가능성이 높았다. 여성의 사인은 손으로 목을 조른 질식사라 판명될 사건이었다. 그는 물끄러미 여성을 내려다보고 있었다.

바로 그때, 어둡던 부검실의 불이 모두 켜졌다. 이 교수가 부검실로 돌아와 있었다.

"게서 뭐 하고 있나?"

"아, 놓고 간 물건이 있어서 돌아왔습니다."

"자네가 놓고 간 물건이 내 출입 카드인가?"

"아닙니다."

이 교수는 아무 말 없이 테이블로 와 시체를 육안으로 살폈다.

함 검시관은 손에 든 메스를 얼른 주머니에 집어넣은 상태였다.

"안면이 있는 사체인가?"

"무슨 말씀이신지."

"한동안 적절한 단어를 찾지 못했었네. 가끔 자네가 특정 사체를 대할 때 얼비치는 표정을. 시간이 지난 뒤에야 알았지. 알고 있는 누군가를 만난 반가움이더군."

그 말은 곧, 지금 함 검시관이 하려던 행동을 이 교수는 이미 알고 있었다는 뜻이었다. 그는 그제야 이 모든 것이 이 교수의 판이었음을 깨달았다.

그는 누구보다 먼저 사건 현장에 도착해 이상 사체를 확인하고 사인을 판정하는 공무원이었다. 자살은 누가 봐도 자살인 경우가 많았지만 재해사나 중독사, 행려병사, 사고사 등은 경찰과 함께 그 사인을 판명해야 하는 특수한 경우였다.

검시관의 1차 판단 후, 담당 형사와 국과수 부검의의 부검을 거쳐 사인이 확정된다. 부검의는 사건 현장에 갈 수 없고, 경찰은 부검 과정에 직접 개입할 수 없다. 이 모든 한계를 충족하고, 처음과 끝 사이를 언제든지 드나들 수 있는 유일한 사람이 바로 검시관이었다.

함은 바로 그 이유로 늙은 부검의를 택했다.

그는 늘 업무 과중에 시달렸고, 나이도 많았으며, 지역 관할 유일의 늙은 의사였다. 손은 느려지고 눈도 어두워지고 있었다. 그의 흔들리는 등잔 아래에서 함은 사건을 훼손시켜 왔다.

"이 사체와도 안면이 있나?"

"……."

"나도 가끔 좋아하는 영화는 영화관에서 본 뒤 VOD로 풀릴 때 다시 보기를 한다네. 자네의 마음이 그런 마음이 아닐까 짐작하고 있었고. 부검의가 사인을 밝혀내도 범인을 찾을 수 없으니 가장 가까운 거리에서 어떤 식으로 살해되었는지 제삼자의 입을 통해 브리핑을 듣는 기분. 자기 작품을 분석해 주는 비평가의 목소리를 지척에서 듣는 자리였을 테지."

노쇠한 이 교수의 눈이 날카로운 함 검시관의 눈을 응시하고 있었다. 저 뿔테 안경 너머 감춰진 야수의 눈을 그는 꿰뚫어 보았다.

"……교수님, 언제부터 절 의심하고 있었죠?"

늙은 부검의는 대답이 없었다. 무슨 말을 해도 이 살인마가 자신을 죽일 것임을 알고 있었기 때문이다. 지금까지 봐 온 수많은 사건과 그 방식을 떠올려 볼 때 자신에게 무슨 일이 일어날지 짐작 가능했다. 두려웠지만 결국 이 자리에 와서 확인해야 했다.

"여기는 보는 눈이 많아. 자네 일터이기도 하고."

"그렇죠. 하지만 동시에 제 알리바이가 증명되는 곳이기도 합니다."

"……."

"눈이 어둡고 귀가 어두운 척하시기에 감쪽같이 속았지 뭡니까. 언제부터 날 의심하고 있었습니까?"

늙은 부검의의 두꺼운 안경 너머 초연한 눈빛이 보였다.

"함성혁, 그건 자신에게 물어봐야지. 자네가 언제부터 흔적을 남기고 있었는지. 오늘 나를 죽인다고 해도, 자네 흔적을 찾아내 쫓아오고 있을 누군가가 있다는 걸 알아야지."

그 말은 시종일관 자신만만해하던 함 검시관을 잠시 주춤하게 했다. 그는 지금까지 다른 누군가가 자신을 찾아낼 수 있다는 생각을 하지 않았다. 이 일을 시작한 이후, 철두철미했고 조심스러웠으며 몇 번이나 관계자인 상태로 진실을 오염시켜 왔다.

그러나 부검의의 말은 오만한 검시관의 심장을 정확히 찔렀다. 검시관의 칼이 부검의에게 꽂히기 전, 부검의는 자신이 가진 가장 벼린 칼로 그의 이성을 죽여 놓을 생각이었다. 가장 취약한 약점을 파고들어 최대한 이성을 잃게 만들어야 현장에 더 많은 실수를 저지르고 흔적을 남길 것이다.

그것이 마지막 순간 늙은 부검의가 낼 수 있는 최후의 목소리였다.

"답을 주세요. 그래서, 언제부터 어떻게 나를 의심했는지."

"……평생 모른 채로 살아가길 바라네."

"괜찮습니다. 진실은 세상이 아는 것과 늘 다르거든요. 세상은 오늘 여기서 일어날 일의 털끝 하나도 밝혀내지 못할 겁니다."

"틀렸네. 매번 현장 기록을 조금씩 조작하고 증거를 훼손시켜 왔다는 걸 내가 몰랐을 거 같나? 고작 시험 몇 개 치고 검시관이 된 자네의 호언장담이라? 자신을 너무 과대평가하는 성향이 있군."

부검의는 함성혁의 얼굴에 잠깐 감정이 스치는 것을 보았다. 그제야 물어볼 질문이 생각났다.

"왜 검시관이지? 사건을 훼손하기 위해서?"

그 말에 검시관은 조용히 감정을 걷어 냈다.

"좋은 집안에, 좋은 머리에, 좋은 직업까지 남부러울 것 없이 좋은 인생을 사셨을 겁니다. 이 세상에 교수님의 발목을 잡고, 인생을 바닥으로 끌고 가는 가족이라는 이름의 악연은 없으셨겠죠."

"그게 무슨 소리인가."

"제 넋두리입니다."

"이 일을 다른 누군가의 죄를 덮기 위해 해 왔다, 그런 뜻인가?"

"굴레라고 해 두죠. 없애야 할 것 하나를 치우고 나면 또 다른 이유가 생기더라고요. 경찰은 사건이 무작위라고 하는데 그건 살인자의 속내를 그 자신처럼 들여다보지 못해서 그런 겁니다. 거울처럼 들여다보면 이유가 보여요. 왜 그 사람을 죽였는지, 왜 하고많은 사람 중에 그 사람을 선택했는지. 보려고 하면 보여요."

"자수하게."

"제가요?"

함성혁은 어이가 없는 듯 너털웃음을 터뜨렸다. 부검의는 그 웃음의 진의를 알 수 없었다.

"무슨 죄목으로? 모든 사건의 범인이 나라고?"

"내가 자넬 위해 증언하겠네."

부검의가 함을 바라본 그 순간, 그는 자기 목에 주삿바늘이 꽂혔음을 뒤늦게 깨달았다. 이 모든 대화를 주도면밀하게 끌어온 것은 부검의가 아니라 검시관이었다.

"자네……"

"이제 와 아무 힘도 없을 진실을 말하자면, 살인자는 제가 아닙니다. 제 동생이 될 겁니다. 그게 제 동생이 짊어질 굴레거든요."

"……"

✖

현장으로 가는 길은 다소 소란스러웠다.

고덕이 엘리베이터를 타고 복도를 지나는 사이 수많은 눈길과 소곤거리는 낮은 목소리들이 이 사건의 괴이함을 이야기했다.

뿌옇고 매캐한 먼지 자욱한 지하도를 걷는 것처럼 음습하고 기분이 나빴다. 생전 수많은 시체를 부검한 부검의가 자신의 부검실에서 죽은 것을 두고 많은 이야기가 나오고 있었다.

그날은 유가족 하나가 연구실을 찾아와 행패를 부렸고, 죽은 부검의의 업무는 늘 과중이었다고 했다. 그러나 고덕은 이 사건 현장이 다른 사건들과 유달리 남다르다는 느낌을 지울 수 없었다.

모두가 퇴근한 시간 이 교수는 혼자 부검실에 들어갔다. 검시관도 돌아간 뒤라 부검실은 비어 있었다. 모든 CCTV 기록이 그랬다. 딱 하나 기록되지 않은 곳이 부검실 내부였다. 그렇다고 해도 사건 현장에는 아무도 없었고, 다음 날 청소하러 온 직원이 도착하기 전까지 이곳을 다녀간 사람은 없었다.

일본 추리소설에서나 나올 법한 밀실 사건 현장이었다.

유서는 없었지만 폐암 말기였다는 가족의 증언을 토대로 서서히 신변 비관 자살로 결론이 나는 중이었다. 생전 부검의가 가장 싫어했던 방법으로 그의 죽음을 몰아가려 했다. 남겨진 유족의 삶을 위한다는 명분으로.

현장을 진두지휘하는 경찰관은 현장 관련 담당자를 모두 내보내고 다른 권역 검시관을 데려왔다. 검시관은 자기 권역의 마지막 현장 출동을 끝내고 병원으로 달려왔다. 그는 연신 하품을 해대며 주변을 둘러보았다.

"현장이 이미 마무리되었는데 전 왜 부르신 겁니까?"

자살로 몰아가는 분위기와 경찰관의 태도는 조금 이질적이었다. 현장을 돕기 위해 파견된 고덕이 그 시점에 들어와 이야기를 듣게 되었다.

"어제 낮에 자살 사건 유가족이 찾아와 한바탕 난동을 피우고 간 모양이에요. 자기 딸을 자살로 규정해서 보험금을 못 타게 됐다고 여기 와서 행패를 부렸다네요."

"되게 공교롭네요."

고덕의 말에 검시관이 의아한 눈빛으로 물었다.

"네?"

"아니에요, 계속하세요."

"CCTV를 확인하고 왔는데 찾아와서 행패 부린 건 다 녹화되었는데 그다음 기록이 없어요. 경찰은 유력한 용의자로 행패 부린 유가족을 지목하고 있고, 이 사람은 자기는 절대 그런 일이 없다며 날뛰고 있고, 그다음 알리바이를 찾기가 어려워요."

"공교롭다는 말을 이 시점에서 해야 했다는 뜻이죠. 근데 유가족이 담당 부검의 소재를 어떻게 알고 찾아왔죠?"

"뭐, 검안서에 있지 않나요?"

"아뇨, 검안서에 있는 이름 석 자만 가지고 이 사람이 있는 연구실과 부검실을 어떻게 특정해서 한 방에 왔냐고요. 마치 누가 가르쳐 준 것처럼."

"한 방에 찾아왔다고는 안 했는데요?"

"주차장에서 연구실, 연구실에서 부검실까지 동선을 알고 있는 것처럼 움직이는 게 CCTV에 찍혀 있잖아요. 마치 내부인처럼. 되게 안 이상해요?"

경찰관도 그 대목에 집중하고 있었다.

사건이 있었고 모두 일찍 퇴근했던 그날 오후, 늙은 부검의가 부검실을 찾아와 혼자 메스로 목을 그었다는 결론에서 도출할 수 있는 합리성과 맥락.

경찰관은 이 교수를 오래 지켜봐 온 사람으로서 그가 아무리 병중이었다지만 신성시하는 부검실에서 자기 목을 그었다는 사실에 동의할 수 없었다. 그는 담배를 피우고 바로 들어온 경찰관이나 검시관도 나무라며 쫓아내던 사람이었다.

부검실을 그 누구보다 신성하게 여기고 자기 일에 최선을 다하던 노교수가 자신의 인생 모두를 부정하고 오점을 남기는 방법으로 죽었다는 걸 믿을 수 없었다.

"근데 여기 함 검시관 권역일 텐데, 그 사람한테 물어보세요.

마지막으로 와서 교수님을 만난 게 언제인지."

고덕은 연락이 닿지 않는다는 그의 주소지와 전화번호가 적힌 종이를 받아 들고 현장을 나왔다.

같은 시각, 병원 건물 밖 숲속에는 늙은 노묘와 길라잡이 고양이 막내가 어둠 속에서 건물을 올려다보고 있었다.

노묘는 눈이 보이지 않았지만, 그곳에 오랫동안 축적된 살기를 읽을 수 있었다. 눈이 보이지 않는다고 해도 영이 남기고 간 흔적은 볼 수 있었다.

마치 애벌레가 기어가면서 남긴 진득한 액체처럼 살인마가 오간 자리에 그의 흔적이 남아 있었다.

지하에서 천장을 타고 돌아다니다가 사각지대인 반대쪽 창문을 통해 드나든 그의 흔적은 무려 3층까지 이어져 있었다. 평범한 사람이라면 저런 족적을 남길 수 없었다. 노묘는 가장 두려워했던 생각이 현실이 되었음을 알아차렸다.

살인마는 새끼 고양이의 생명 반쪽을 넘겨받았다. 그는 고양이의 언어를 받지 못했지만 그의 신체적 능력을 부여받은 것이 틀림없었다.

이로써 그도 천 년 집사가 될 수 있는 계단에 올라와 있는 셈이었다.

V

존남의 고백

오늘도 지하 주차장 차단기가 올라가지 않는다.

차단기의 선별적 퇴짜였다. 분명 아파트에 등록된 차량임에도 이 요망한 차단기는 꼭 고덕의 차만 차단했다. 차를 뒤로 뺐다가 다시 전진하고, 옆으로 다가가 번호판을 재인식시켜 봐도 상황은 달라지지 않았다. 급기야 고덕이 경비실 통화 버튼을 누르게 만들었다.

"108동 201호입니다. 또 차단기가 말썽이네요."

스피커를 타고 전해진 목소리가 혀를 끌끌 차며 말했다.

"다른 차는 멀쩡한데 꼭 사장님 차만 그러는지 모르겠어요."

그러게 말입니다. 고덕은 하고 싶은 말을 삼켰다.

문제는 아파트뿐만 아니라 경찰서 주차장을 진입할 때도 마찬가지라는 사실이었다.

일주일 내내 같은 일이 반복되자 슬슬 짜증이 치밀어 올랐다.

동료 경찰들은 직업의식을 발휘해 입차 각도의 문제라든가, 번호판 앞자리에 태극 문양이 있으면 간혹 오류가 생긴다든가 하는 현실적 원인을 꼽았지만 고덕의 생각은 달랐다.

망할 놈의 고양이!

망할 놈의 존남!

지하 2층에 차를 댄 고덕은 한숨을 푹 내쉬며 차에서 내렸다. 고덕의 지정 좌석이 되다시피 한 구석진 자리에서 테오와 누룽지가 그를 기다리고 있었다. 누룽지는 테오가 챙겨 준 사료를 먹고 있었다. 고덕이 차에서 내리기도 전에 테오가 그의 마음 상태를 읽었다.

"오늘 고덕 집사님 마음이 회색인데?"

"음, 그렇네."

고덕이 차에서 내려 번호판을 손으로 쓱 문지르자 먼지와 함께 이상한 액체가 묻어났다. 또 그놈 짓이 분명했다. 그가 고개를 푹 숙인 채 망연자실하자 테오가 물었다.

"왜요? 번호판에 뭐 튀었어요?"

"튄 게 아니라 정성스럽게 발라 놓은 거야. ……누룽지, 뭐 하나만 묻자."

누룽지가 시큰둥한 표정으로 질문에 미리 답했다.

"고양이 오줌 아니야."

"아닌 건 나도 알아. 벌써 경찰 동료에게 부탁해서 알아봤으니까."

옆에 있던 테오가 가까이 다가와 번호판을 들여다보며 물었다.

"겉으로 볼 때는 아무 이상이 없는데요? 냄새도 안 나고."

"아무 이상이 없는데 빛만 닿았다 하면 번호판을 튕겨 내니까 문제지. 주차장 들어올 때마다 내 번호판을 인식 못 하게 만들어 놨어. 특수 발광 용액으로."

"누가요?"

"'존남'이라는 놈이."

"존남? 존남이 누구예요?"

고덕이 번호판을 박박 닦던 물티슈를 집어 던지며 말했다.

"나를 스토킹하고 못살게 구는 놈."

고덕이 환장하고 미칠 노릇인 게 바로 그 지점이었다. 누구보다 열렬히 고양이 복수를 하겠다고 괴롭히던 놈이 고덕의 천 년 집사 레이스 참가 소식을 듣고는 더 열렬한 안티팬이 된 게.

경찰인 고덕조차 구하기 어려운 발광 용액을 고양이인 존남이 구해 와 번호판에 바르는 정성이라니.

"혹시 알아? 경찰 인간 차가 과속 감시 카메라에 걸리지 말라고 발라 주는 건지도 모르지."

"왜?"

"빨리 달리라고."

"하, 빨리 황천길로 가라는 거네. 그런 거라면 더 무서워."

"예전보다는 귀여운 방법이잖아."

"귀여워서 소름이 돋을 지경이야."

고덕이 고개를 절레절레 저으며 출입구로 가자 테오는 누룽지에게 인사를 건네고 자연스레 그의 뒤를 따랐다. 두 사람이 떠난 뒤로도 자리를 지키고 털을 그루밍하던 누룽지가 갑자기 매서운 눈빛이 되었다. 그리고 허공을 향해 말했다.

"엿듣는 거 그만하고 나오시지."

그 말에 숨어 있던 존남이 기둥 뒤에서 나타났다. 둘은 서로를 향해 짧은 하악질을 한 뒤 거리를 두고 섰다.

"오늘부로 마지막 경고야. 더 이상 이고덕에게 다가오지 마."

"흥! 너 따위 말에 쫄 내가 아니야."

"내가 쉬워 보여도 이 구역 할멈의 말이라면 얘기가 달라질 텐데."

"뭐? 할멈?"

그 말에 존남의 등에 난 털이 쭈뼛 하늘을 향해 솟구쳤다.

"할멈이 정 여사 아들을 알아?"

"알 뿐인가. 그 소문이 나고 몰려든 이 동네 고양이들을 정리한 것도 할멈이야. 아직 천지 분간 못 하고 들러붙은 너 하나만 남았을 뿐이지."

"나는 달라. 난 죽은 정 여사를 위한 보은이야. 천 년 집사 레이

스에 참가했다고 저 인간이 천 년 집사가 된다는 보장도 없잖아."

"정 여사를 위한 보은을 하겠다면 그의 자식을 지켜 주는 것도 보은이야. 사람 잘못 골랐어."

"저 인간이 그럴 자격이 있는지 증명하는 게 먼저야."

"얼빠진 소리하고 있네. 할멈이 자격이 있다고 했으면 있는 거야! 귀에다 뜨거운 물을 부어 귓구멍이 뻥 뚫리게 해 줄까?"

"아리따운 꽃의 입이 어찌 이리 험할까."

"뭐, 꽃?"

"예쁜 꽃이 너무 독해."

스트리트 출신 누룽지는 이리저리 돌려 말하지 않고 존남을 말로 두드려 팼다.

"꺼져, 오입쟁이."

누룽지의 살벌한 경고 이후 존남은 아파트 경계석을 단 1센티미터도 넘어오지 않았다. 후문 바로 옆에서 고덕의 집을 바라볼 뿐 그 안으로 발을 들이지 않았다.

선을 지키지 않던 '난봉꾼'이 '젠틀맨'이 된 것을 두고 터줏대감들의 심기가 몹시도 불편해졌다. 자신을 스스로 '십리호걸'로 칭하는 존남이 십 리 안에 숱한 염문을 뿌리고 암컷을 후리는 것을 알기에 더더욱 그러했다.

고덕의 집 창문이 잘 보이는 곳에 앉아 망부석이 된 통에 다른 고양이들이 근처로 드나들지 못했다.

"아우, 저놈이 밥 먹으러 가는 길목을 지키고 있는 바람에 길을 뺑뺑 돌아다니고 있다고. 이봐, 경찰 집사! 제발 저놈 좀 여기서 치워 줘."

"여긴 너희들 영역이라며? 그걸 왜 나한테 부탁해?"

"존남이 왜 저러는지 잘 알잖아. 널 기다리는 거잖아."

"어쩌라고."

"잘 달래서 보내라고."

"쟤는 내가 미워서 저길 지키고 있는데 뭘 어떻게 해."

"지금은 그게 아닌 것 같으니까 그렇지. 네가 먼저 말을 시켜 봐."

터줏대감들의 성화에 결국 고덕이 나섰다. 후문 계단을 경계로 그 위에 존남, 그 아래에 고덕이 마주 보고 섰다.

"거기, 너!"

"……"

"나한테 할 얘기가 뭐야?"

존남은 막상 고덕 앞에 서자 대단히 심란한 얼굴이었다.

"묻고 싶은 게 있다."

"뭔데."

"……너 천 년 집사 레이스에 참가한 거, 진심이야?"

"그게 중요해?"

"난 중요해. 네가 진심이라면 나는 진짜 보은을 시작해야 하니까."

"넌 나한테 빚진 거 없잖아. 무슨 보은을 말하는 거지?"

"……네가 아니라 정 여사에게 갚을 게 있어. 대상이 죽으면 빚은 자동 탕감되지만 나는 아냐. 갚지 못한 빚은 내 과오로 남아."

"다른 고양이들은 내키는 대로 하던데 뭐가 다른 거야?"

"걔들은 아직 회차 완성이 무얼 의미하는지 몰라서 그래."

"회차 완성이 뭘 의미하는데?"

"그 어떤 정신적인 깨달음이 있고, 희생이 무엇이냐에 따라, 으……. 그런 게 있어!"

고덕은 말로 할 수 없는 고양이의 또 다른 비밀인가 지레짐작하며 더 캐묻지 않았다.

"암튼, 누군가는 먹을 것을 얻고, 누군가는 집을 얻고, 또 누군가는 제 새끼를 의탁하는 빚이겠지만 난 목숨값이야. 무게가 달라."

"그래서 그 보은은 어떻게 하려고 이렇게 무게를 잡는 건데."

"……날 네 고양이로 받아 줘."

"안 돼!"

고덕이 비명을 지르듯 소리쳤다.

"너 제정신이야? 날 그렇게 증오하던 네가 내 고양이가 되겠다고?"

사랑과 증오가 깻잎 한 장 차이라지만, 이런 극단적 감정 변화
는 무서울 지경이었다.

"잘 생각해 봐."

"생각해 볼 것도 없어. 그리고 다른 고양이들 불편하니까 영역
좀 지켜."

고덕은 소름 끼치는 얘기를 들은 것처럼 부르르 몸을 떨며 황
급히 자리를 떴다.

다음 날부터 존남은 후문 근처에는 얼씬도 하지 않았다. 그러
나 존남은 집요한 고양이였다.

그는 아파트 대신 고덕의 근무지인 경찰서까지 쫓아왔다. 무려
8킬로미터가 넘는 거리임에도 그 길을 지치지도 않고 달려와 퇴
근하는 그를 기다렸다. 하루, 이틀, 사흘이 가도 망부석처럼 고덕
의 차 옆에서 그만 바라봤다.

고덕이 눈길 한번 주지 않고 멀어져 감에도 자리를 뜨지 않
았다.

그날도 룸 미러로 슬쩍 보니 존남은 이별을 통보하고 멀어지는
연인을 바라보듯 아련한 눈빛으로 고덕을 바라보고 있었다.

무려 열흘 동안 고덕을 따라다녔다. 고덕이 백 년을 도망다녀도
존남은 그 백 년을 쫓아다닐 기세였다. 시달림에 지쳤다기보다 보

는 눈이 많아서, 경찰서 주차장에서 데리고 나와야 할 필요성이 강해졌을 뿐이라고, 고덕은 그리 다짐하고 존남에게 다가갔다.

"그만하고 일단 차에 타."

"날 받아 주는 거야?"

"오늘만 태워 주는 거야."

"그런 게 어딨어?"

"안 타면 가고."

"타! 탄다고!"

"집에 도착하기 전 15분 동안이야. 그동안 할 얘기가 있으면 해."

고덕은 앞만 보고 운전을 했고 존남은 어렵게 얻은 15분 중 5분을 그간의 고통에 대해 장황한 이야기로 풀었다.

"난 하루에 다섯 시간 걸려 여기까지 오는데 고작 15분이라니. 경찰 집사, 잘 생각해 보라고. 당신은 15분이면 오는 길을 나는 비가 오나 바람이 부나 매일 다섯 시간을 걸어왔어. 오는 길에 들개한테 물어뜯겨 죽을 뻔한 적도 있는데 다음 날 또 넘어왔다고."

"알았어, 알았으니까 하고 싶은 말 해 봐."

"내 평생 신조는 '열 번 찍어 안 넘어오는 놈이 없다'인데 열흘을 기다려도 안 넘어오는 고덕 집사를 보며 좌절했다고."

"오늘도 말을 안 걸면 어쩔 생각이었어?"

"집으로 찾아가 드러누울 생각이었어."

"넌 스트리트잖아!"

"그러니까 생명과도 같은 자유를 포기하고 저 콘크리트 감옥에 들어갈 정도라면 내 마음이 얼마나 절박하겠냐고."

존남은 어이없어하는 고덕의 시선에도 아랑곳하지 않고 자신의 이야기를 풀어놓았다. 그는 자신이 소설가 현진건이 키우던 고양이의 직계 후손이라 주장했다. 존남은 현진건의 술잔을 채워준 게 자신의 선대였다는 다소 황당한 주장을 했다.

"소설가의 대표작이 어떻게 만들어지는 줄 알아? 이성의 줄을 완전히 내려놨을 때, 그게 제3의 눈이 떠지면서 작품을 만드는 거야. 취화선 장승업도 고종의 어진을 그리지 못해 죽을 위기에 처하면서도 술병을 놓지 않았잖아. 술에 취한 채 붓 없이 손가락으로 원숭이를 그리기도 했고. 현진건이 쓴 《술 권하는 사회》도 고양이가 술잔에 술을 채워 주는 걸 보고 쓴 거거든."

의도적인지 아닌지는 모르겠으나 해야 할 말은 하지 않고 횡설수설 신변잡기만 늘어놓다가 날이 저물어 버릴 것 같았다.

"난 분명히 널 키울 수 없다고 말했어. 네가 소설가 현진건이 키우던 고양이의 후손이든 우리 엄마가 키우던 고양이의 후손이든 난 널 받아들일 수 없어."

"소설가 현진건이 키우던 고양이의 직계 후손으로서, 빼앗긴 나라를 되찾기 위해 불의에 저항하며 한평생을 바쳤던 집사의 정신을 이어받아······."

"안 된다고."

"키워 달라고 안 해."

"그럼, 뭐!"

"이제부터 내가 널 지키겠다고."

존남의 독립투사 같은 선언에 말문이 턱 막히고 말았다. 와전된 소문을 믿고 그 누구보다 열심히 고덕을 괴롭히고 심지어 그의 입안에 헤어볼을 쑤셔 박은 게 존남 자신이 아니었나.

"넌 날 싫어했잖아!"

"그랬지! 하지만 지금의 너는 달라. 이렇게 성스럽게 변모했고 무엇보다 천 년 집사가 될 새똥만큼의 자질을 보여 주고 있으니까. 삵도 널 알아보고 새끼 목숨 하나를 던져 줬잖아."

"아니, 그건······. 아무튼 난 사양할게."

"이봐, 고덕 선생! 내 호의를 이렇게 거절할 처지가 아닐 거야. 너보다 먼저 그 살인마가 천 년 집사가 될 수도 있다는 걸 알게 된 이상, 지진아 같은 널 그냥 둘 수는 없어. 그리고 내 정보력을 우습게 생각하면 안 돼."

"네 정보력이 어떤데?"

"못 믿겠으면 지켜봐. 어떤 이야기들이 네 귀에 들어오는지."

그 말을 마친 존남은 앞발로 보조석의 차 문 레버를 당겨 스스로 문을 열고 내렸다. 저 안에 정말 사람 하나가 들어 있는 게 아닐까 싶을 만큼 어이없는 광경이었다.

복잡한 머릿속을 정리할 새도 없이 또 다른 방문객이 고덕을 찾아왔다. 집으로 돌아온 고덕을 문 앞에서 기다리고 있는 이는 줄무늬와 메리였다. 문을 열자 그들은 자기 집인 양 자연스레 집 안으로 들어갔다. 들어가자마자 알아서 츄르를 빼 먹고 마음대로 캣휠을 돌려 원주민인 분홍을 불쾌하게 만들었다.

분홍이 하악질을 하자 삼순도 욕을 거들었다.

"어쭈, 이제는 머릿수를 맞춰 대응하시겠다?"

"얻어먹는 것들이 예의가 없어. 남의 집에 손님으로 왔으면 손님답게 굴든가."

"난 네 손님이 아니고 고덕 집사의 손님이야."

"고덕은 나한테 종속된 사람이야. 내 허락 없이는 누구도 내 영역 안에 발을 들일 수 없어."

"뭐, 라의 전사들 소문 좀 전하려고 했더니 문전박대를 하시네. 그럼 나가야지, 별수 있나."

줄무늬와 메리가 엉덩이 털을 털며 나가려 하자, 고덕이 두 고양이를 달랬다.

"또 왜들 그래. 나 올 때까지 기다렸으면 저녁이라도 먹고 가."

"아유, 난 저녁은 됐고 몸이 근질근질해서 목욕이나 했으면 하는데."

"알았어, 물 받아 놓을게."

"분홍이 저놈 몸에서 나는 좋은 향, 저건 뭐야?"

"아, 새로 산 거품 목욕제야. 그거 해 보고 싶어?"

"아무렴, 시켜 주면 마다하지 않지. 뜨거운 맹물에 들어가면 나비탕인데 향물에 들어가면 뭔 탕이 되려나."

"그 목욕제 빨간색이야! 빨간 물에 들어갔다 나오면 바로 마라탕이다!"

"아이고, 마라탕 목욕제라니 신기하기도 하지. 감기와 몸살이 싹 달아나겠네."

분홍이 퍼붓는 악담에도 줄무늬와 메리는 눈썹 하나 까딱하지 않고 능청을 떨었다. 희한하게도 줄무늬와 메리는 물을 좋아하는 수성 고양이였다. 화가 난 분홍이 소리 질렀다.

"집사! 내 목욕제 함부로 퍼 주지 마!"

분홍이 씩씩거리자 고덕이 달려가 털을 빗질해 주며 속삭이듯 말했다.

"지난번에 샘플로 받은 목욕제 있어. 그거 쓰면 되잖아. 집에 찾아온 손님한테 야박하게 구는 거 아니야."

"난 싫어."

"두루 어울려서 사는 거지. 네가 베푼 만큼 너한테 돌아오는 거야."

"저놈들은 부메랑이 아니고 작년 겨울에도 안 죽고 돌아온 각설이야. 돌아오면 안 되는 놈들이야."

"내가 더 좋은 목욕제 사 주고 발바닥 젤리 보호제 발라 줄게."

"흥!"

분홍이 벽을 보고 새침하게 돌아앉았다는 것은 끓어오르는 화를 참는다는 의미였다. 고덕은 그런 분홍의 눈치를 살피며 물을 받고 목욕제를 풀었다. 휘휘 저어 적당한 거품이 올라오자 팔꿈치를 넣어 물 온도를 가늠했다. 너무 뜨거워도 안 되고 너무 식어도 안 되는 적정 온도를 찾는 게 가장 중요했다.

화장실 문 앞에서 지켜보던 줄무늬와 메리는 흙이 묻은 발바닥을 발판에 쓱쓱 문지르고 천천히 욕탕에 입수했다. 목욕물에 몸을 반쯤 담근 채 눈을 지그시 감고 있는 모습을 보자니 고덕의 입가에 웃음이 절로 돌았다. 고덕은 곱게 접은 물수건을 고양이들의 머리에 하나씩 올려 주었다.

"이 집 집사 일 잘하네. 고양이가 빠져 죽지 않을 적당한 물 높이에, 데지 않을 적절한 온도까지. 아주 세심하고 좋아."

"분홍이가 있어서 자주 오라고는 못 하지만 겨울에는 가끔 와서 몸 좀 녹이고 가."

"근데 고덕 선생, 당신은 라의 전사들에 대해 더 아는 바가 없어?"

"나야 너희들이 해 준 얘기가 다라서……. 안 그래도 존남이 자기 정보력을 우습게 보지 말라는 말은 했어. 근데 정작 나한테는 아무 얘기도 안 해 주던데. 그 대단한 정보력이 뭔지 들어 봐야 알지."

게슴츠레 눈을 뜬 줄무늬는 한심하다는 눈빛으로 고덕을 보며 말했다.

"고덕 선생은 자기 귀에 이야기가 들리는 게 정보력이라고 생각하나 보지?"

"……."

"정보를 가진 자의 진짜 힘은 그 정보가 새어 나가지 않게 차단하는 거야. 그리고 자기가 딱 원하는 그 사람이 필요한 정보를 못 얻게 하는 통제력도 그 힘이고. 존남의 의도를 알겠어?"

"……나만 뭘 못 듣게 했다는 거야?"

"그렇지! 존남이 라의 전사들에 대한 정보를 이 구역에 들어오지 못하게 했어. 존남이 풀어 주지 않으면 당신이나 우리는 영원히 그 정보를 알 수 없을 거야."

"아니, 이건 무슨 고양이 멍멍거리는 소리야."

"내가 할 말은 아니지만 그만 꼬리 내리고 존남을 찾아가. 그리고 그놈의 제안을 받아들여."

"존남이 이 영역 안에 와서 살겠다고 하면?"

"하……."

줄무늬는 고개를 푹 숙이고 한숨을 쉬었다.

"그래도 받아들이라고?"

"우리를 지키는 게 아니라 널 지키겠다잖아. 불도저처럼 밀고 들어오는데 당해 낼 재간이 있나."

그러니까 오후의 반신욕은 모든 것을 다 내려놓은 줄무늬와 메리가 영역을 허락하고 받아 가는 작은 보은이었다. 아파트 터줏대감들이 고덕을 위해 자기 영역을 내어 준다는 것을 깨닫게 되자, 고덕은 목욕제를 더 풀어 고양이들에게 감사를 표했다.

그리고 며칠 뒤, 줄무늬의 용인 아래 존남이 아파트 권역으로 입성했다.

그 이후 수많은 암컷의 외모가 달라졌고, 중성화 수술을 한 수컷 고양이들은 종적을 감추었다. 그리고 갑작스러운 소문들이 들려왔다. 사실 많은 정보원 고양이가 아파트 안으로 소문을 날랐다는 게 더 정확했다. 그들이 전하는 이야기는 주로 '라의 전사들'의 행방에 관한 이야기였는데 그들이 천 년 집사 후보의 뒤를 쫓아 경기도 일대를 이 잡듯이 뒤지고 있다는 소문이었다.

그러나 고덕은 자신과 테오를 쫓는 라의 전사들을 신경 쓸 겨를이 없었다. 인간인 그는 그에게 주어진 사건 자료 보고서 하나 쓰기도 버거웠다.

A병원 노교수 사건은 자살로 마무리되었지만 여러 가지 면에서 많은 의구심을 남겼다. 마지막 남은 부검의가 사라지자 부검실은 문을 닫았고, 함께했던 마지막 동료는 일자리를 잃었다. 고덕은 노교수의 곁을 지켰던 마지막 검시관의 행방을 수소문했지만 부검실 폐업 후 소식을 아는 이는 없었다.

고덕에게 주어진 임무는 마지막 검시관 함성혁의 행방을 찾는 것이었다. 한참 수소문한 끝에 그를 찾아냈다. 놀랍게도 그는 사건이 일어난 가까운 곳에 있었다. 다만 그 장소가 부검실이나 연구실이 아닌 입원 병동이라는 점이 의아했다.

뒤늦게 병원을 찾은 고덕은 오토바이 교통사고를 당해 누워 있는 함성혁의 모습을 보았다. 그의 부상은 무려 전치 12주의 중상. 팔과 다리가 부러져 재활까지 고려하면 제대로 서고 걷는 데만 1년이 걸릴지도 모른다는 말이 오갔다. 그는 온몸에 깁스를 한 채였고 코에는 유동식을 넣는 관이 연결되어 있었다. 안정제에 취해 잠든 그의 얼굴을 바라보고 있자니 뭔가 이상했다. 병실을 나오며 무엇인가 뒷목을 강하게 잡아당기는 기분이 들었다. 고덕은 지나가는 간호사를 붙잡고 물었다.

"선생님, 512호 함성혁 환자, 어쩌다가 교통사고가 난 건가요?"

"아, 밤에 오토바이를 타고 퇴근하다가 갑자기 달려든 고양이 때문에 사고가 났대요. 그 고양이를 피하려고 핸들을 꺾다가……."

그 말에 고덕의 생각 회로가 얼어붙었다. 분명 함성혁을 찾아올 때는 노교수의 죽음에 대해 질문할 것들이 있었는데 '고양이'라는 단어가 등장하는 순간 이야기가 전혀 다른 방향으로 틀어졌다. 함성혁의 교통사고에 고양이가 개입했다는 것은 곧 고덕과도 밀접한 관련이 있다는 뜻이었다.

그렇다면 함성혁 앞으로 달려든 고양이는 누구일까.

고덕은 지금이야말로 존남의 정보력이 필요하다는 사실을 절감했다.

✕

"그래서 그 오토바이 사고가 난 지점에 살고 있는 고양이들을 조사해 달라?"

"그래."

"얼마 전 일이니 고양이들이 기억하고 있을 거야."

"큰 나뭇길이라면 내가 아는 고양이들이 많으니까 곧 알게 될 거야. 경찰 집사는 뭔가를 의심하고 있네."

"……혹시 라의 전사들이 아닐까. 괜한 생각이긴 한데 그들이 개입한 게 아닐까 싶어."

"그 함성혁이란 남자가 누군데?"

"어떤 사람의 죽음을 알고 있을 남자, 고인과 마지막까지 함께 일했던 동료. 아마 마지막 순간에 대해 알고 있는 게 있을 거야."

고덕의 말을 듣던 존남이 자못 심각한 얼굴로 물었다.

"이봐, 경찰 집사. 말이 나와서 하는 말인데 당신은 그 마지막 순간에 대해 생각해 본 적 있어?"

"내 마지막 순간?"

"아니, 다른 이들의 마지막, 혹은 사랑하는 사람의 마지막 순간. 만약 당신이 천 년 집사가 되면 당신은 천 년의 삶을 사는 동안 수많은 사람이 당신을 떠나가는 걸 지켜보게 될 거야."

"무슨 말을 하려는 거야?"

"당신은 모두의 죽음을 지켜보게 되지만 정작 당신의 죽음을 지켜봐 줄 사람은 없어. 누군가를 사랑해서 가정을 이룬다고 해도 경찰 집사의 아내는 경찰 집사보다 먼저 떠날 거고, 작고 귀여웠던 아이도 무럭무럭 자라 당신보다 먼저 늙어 죽게 될 거야. 당신은 이 모든 걸 지켜보게 될 거란 소리지."

"그렇겠군."

"'그렇겠군' 하고 넘어갈 문제가 아니야. 그 삶이 얼마나 헛헛하고 외로울지 심각하게 생각해 볼 문제라고."

"난 어차피 가족들과 교류도 없고 지금도 혼자니까, 그게 심각하게 문제가 될 것 같지는 않은데."

"워, 워! 이런 답답한 사람을 봤나! 지금이야 젊지. 기회도 많고 아직 열정도 넘치고. 하지만 몸이 늙듯이 마음도 늙는다고. 그런데 곁에 그 외로움을 나눌, 나를 기억해 줄 단 한 사람도 없다는건 정말 심각하게 큰 문제야. 그건 인간으로서 의미 있는 삶이 아니라고."

"글쎄, 지금도 딱히 외로움을 타는 성격이 아니라서."

"이봐, 정 여사 망나니 아들. 연애는 해 본 적 있어?"

"갑자기 그걸 왜 물어봐?"

"하는 걸 보면 데이트 한번 못 해 봤을 것 같은 찐따 같은 구석이 있어서."

고덕은 단전 깊은 곳에서 억울함과 어이없음이 동시에 치솟았다. 온 동네에 염문을 뿌리기로 유명한 고양이계의 카사노바께서 연애를 거론하다니.

"엄마가 너희들 먹이느라 집안이며 자식을 모두 방치한 탓에 끼니도 해결하지 못했다는 건 모르나? 먹고살기도 힘든 와중에 연애할 정신이 어디 있어? 요즘은 돈 없으면 연애도 못 해."

"뭐, 일부는 맞는 말. 왜냐하면 너희 세계에서 가장 중요한 페로몬은 돈내거든. 가난해도 사랑할 수는 있지. 그런데 그 가난에는 냄새가 나. 갈아입었는데도 쿰쿰하게 말린 티셔츠 냄새, 바꿔 신을 게 없어 365일 신고 다닌 운동화에 밴 발냄새, 100미터 밖에서도 가난의 냄새가 스멀스멀 배어 난다고. 함께 있으면 그 냄새에 젖어 들고 배어들게 되지. 문득 가난한 내 연인의 얼굴을 보며 생각하지. 내 아이에게 어떤 걸 물려주게 될지. 가난한 사랑을 피하는 건 당연해. 그들을 비난할 수는 없어."

숱한 연애에 단련됐을 존남의 입에서 '가난한 시인의 사랑학 개론'이 흘러나오자, 고덕은 적잖이 당황스러웠다.

"그러는 넌 왜 그리 많은 연애질을 하고 다니는 거야. 집 하나 없고 하루 종일 먼지에 찌들어 돌아다니는 너를, 암컷 고양이들은 왜 좋다고 받아 주는 거지?"

"글쎄, 난 그냥 먹을 것 나눠 주고, 괴롭히는 놈 막아 준 것밖에 없는데. 내 몸에서 나는 지린내가 페로몬이었나 보지."

"내가 이런 얘기를 왜 너한테 해야 하는지 모르겠지만."

고덕은 잠시 숨을 고르고 말했다.

"어떤 걸 물려주게 될지 몰라서 아이를 낳고 싶지 않은 건 나도 마찬가지야. 그 아이의 원망을 감당할 자신이 없어."

"와, 패륜적인 인간일세."

"뭐가?"

"네 그 말은, 그 이유로 네 부모님을 원망했다는 말로 들리거든."

"……."

존남의 지적이 너무나 정곡을 찔러 할 말을 잃었다. 고덕은 자신에게 고양이에 대한 증오를 물려준 어머니를 원망했었다. 이제 와서 고백하자면 자신 역시 그렇게 좋은 부모가 될 것 같지 않았다. 사랑하는 자식의 원망과 증오를 감당할 자신이 없어서일 것이다. 어린 고덕은 그 숱한 원망을 거리낌 없이 엄마에게 쏟았다. 엄마는 아무 말 없이 그 모든 원망을 그저 받기만 했다.

그때 엄마는 얼마나 외로웠을까. 얼마나…….

✦

고양이들의 생은 인간의 봄처럼 짧다.

그래서 그렇게 열렬하고 치열한가. 그토록 구도적인가.

고덕은 고양이들을 지켜보며 스스로에게 이런 철학적인 질문을 던지게 되었다.

원래 길에서 태어난 고양이들은 척박한 생존 환경이 기본값이라 아주 어린 시절을 극복하고 나면 잘 살아가는 편이다. 반면에 집고양이로 키워지다 길에 버려진 고양이는 길 위의 생활에 적응하지 못하고 죽는 경우가 많았다.

스스로 집을 나갔다가 사람의 손에 거둬지고 다시 버려지는 동안 삼순의 삶이 그러했다. 범백이라는 큰 병을 이겨 내고도 삼순은 자주 동물병원에 드나들었다. 어떤 때는 통 먹지 못해서 강제로 주사기로 음식을 넣어 준 적도 있었다.

"골골송을 불러도 예뻐해 줄까 말까 한 판에 종일 골골거리면 어쩌라는 거야. 집고양이로서 실격이야. 임보, 오늘도 밥 못 먹으면 내일모레 힘차게 요단강을 건너겠어."

분홍은 그리 말했지만 누구보다 먼저 삼순의 건강 상태를 알아차리고 고덕에게 이런 살벌한 귀띔을 건네는 쪽이었다.

고덕은 삼순을 두썸띵 동물병원으로 데리고 가 진찰받게 했다. 삼순의 상태를 걱정한 연주 역시 삼순을 입원시킬 것을 권했다. 당직 근무를 위해 떠나는 고덕을 물끄러미 바라보던 삼순은 힘없이 고개를 파묻었다.

삼순이 입원한 그 일주일 동안 연주는 퇴근하지 않았다. 직원들이 출근하면 병원을 맡기고 집에 가서 씻고 잠시 쪽잠을 잔 뒤 다시 출근하며 일주일을 삼순과 함께했다. 삼순이 기력을 회복한 뒤로는 슬링백을 착용하고 내내 안고 다니기까지 했다.

삼순이 워낙 삶에 대한 의지가 없어서 그저 온기로 보듬어 주고 싶은 마음이 전부였다. 포대기에 아기를 싸서 안듯 삼순을 껴안고 진료하는 연주를 두고 보호자들은 삼순이 연주의 고양이라 착각하기까지 했다.

입원한 지 일주일이 되던 날, 고덕이 삼순을 퇴원시키기 위해 찾아온다는 소식을 들은 뒤부터 삼순은 갑자기 식음을 전폐했다. 그리고 다시 골골거리기 시작했다.

지켜보고 있던 테오는 그 이유를 짐작했기에 넌지시 물었다.

"너 일부러 그러는 거지?"

"그 집에 가서 분홍이 만날 생각하니 벌써부터 밥이 안 넘어가."

"알고 보면 좋은 애야. 널 병원에 보내서 진료받게 한 것도 분홍이야."

"알아, 분홍이한테 미안해서 그래. 어느 새벽인가 내가 악몽 때문에 울면서 떨고 있었는데 스르륵 다가와서 날 덮어 주더라고."

"분홍이가?"

"근데 신기하게도 분홍이가 안아 주니 그 두렵던 기억이 한순간에 사라졌어. 몸도 마음도 거짓말처럼 편안해졌어."

"……."

"그래서 안 가려는 거야. 그곳은 이제 분홍이 공간이고 경찰 집사는 분홍의 집사니까. 분홍이가 자기 집사랑 행복하게 살았으면 좋겠어. 마지막 고통을 안겨 주고 싶지 않아."

"……."

테오는 이미 삼순의 때가 다 되어 감을 알고 있었기에 말을 아꼈다.

"그리고 저 여자 사람도."

삼순의 시선이 가리킨 끝에 연주가 있었다. 어제도 밤새 삼순을 돌보고 쪽잠을 잔 뒤 출근한 몰골이었다.

"저 여자 사람은 그렇게 고양이를 좋아하면서 왜 자기 고양이가 없을까?"

"아, 본가에 아주 늙은 고양이 두 마리가 있다고 했어. 죽을 것 같으면 매번 영양제 제일 센 걸 놔 준대. 너무 건강해서 20년은 더 살 것 같다고 하더라."

길연주라는 좋은 집사와 함께하는 그 고양이들이 부러웠다. 그러나 삼순도 이미 알고 있었다. 연주가 아무리 애를 써도 자신의 시간이 끝날 것임을.

삼순의 퇴원이 연기되고 정신없이 흘러가던 그 주의 마지막, 갑작스럽게 삼순의 상태가 악화되었다. 서둘러 퇴근한 고덕이 병원에 도착했을 때 삼순은 힘겹게 목숨을 붙잡고 있었다. 그녀는 고덕을 보자 힘없이 미소 지었다.

"……다행이야. 못 보고 가면 어쩌나 걱정했는데."

"맘 약한 소리 하지 마. 치료 잘 받으면 나아질 거야."

삼순이 가쁜 숨을 몰아쉬며 고덕에게 말했다.

"……나 부탁이 있어."

"말해."

"잊지 않고 나를 찾아 줄 수 있어?"

"알았어. 내가 꼭 널 키워 줄게. 어디에 있든 나를 찾아와. 이곳 기억할 수 있지?"

"아니, 나는 기억 못 해. 다 잊고 떠나야 해."

"다시 태어나도 기억은……."

"정 여사에게 받은 사랑을 다 갚지 못했어도 경찰 집사에게 갚을 수 있어서 다행이야."

"무슨 뜻이야?"

"너에게 주고 갈게."

"너 지금 무슨 소리를 하는 거야!"

"고마웠어. 이 생명을 너에게 주고 싶어."

"아니야, 난 네 목숨 받는다고 하지 않았어! 달라고 하지 않았다고!"

"어차피 기억에 남을 생들이 좀 고단했어. 다 잊고 1회차로 태어나는 것도 좋을 것 같아. 단 하나 아쉬운 건……."

고덕이 마지막 말을 듣기 위해 고개를 숙이자 삼순이 고개를 들어 고덕의 입안으로 생명 하나를 불어 넣었다. 작고 따뜻한 기운이었다. 그 숨과 함께 건너온 마지막 말은,

"나도 행복할 수 있을까."

삼순은 그 말을 유언으로 남기고 떠났다. 뒤늦게 달려온 연주

144

가 삼순을 확인했으나 이미 숨이 끊어진 상태였다. 수많은 죽음을 봤음에도 연주는 삼순의 죽음에 큰 충격을 받았다. 그녀를 살리기 위해 그렇게 애썼던 시간만큼 연주의 슬픔은 더 컸다. 고덕도 마찬가지였지만 어쩐 일인지 연주가 삼순의 상실을 더욱 애통해했다.

몇 날 며칠 동안 잠들지 못하고 음식도 먹지 못하는 연주를 보며 주변 사람들 모두가 걱정할 정도였다. 연주는 올 한 해, 많은 일을 겪고 심적으로 힘들었으나 내색 없이 그저 일에 파묻혀 살았다. 가까운 이들에게조차 마음을 내비치는 일을 두려워하며.

그런 연주에게, 아픈 삼순이 찾아와 작은 힘을 보태 주고 위로해 주었다. 서로가 서로에게 위안이자 구원의 존재였던 게 아닐까. 고덕은 그리 짐작했다.

달이 가고 해가 바뀌어 제일 이르고도 늦은 계절이 목련과 함께 도착했다.

목련은 봄꽃이 아니었다. 겨울의 끝자락, 봄의 초입에 그 어떤 계절의 꽃이라 이름 부르기 어려운 과도기에 피어났다. 게다가 땅 위에 화려한 꽃들이 피기 전, 나무의 높은 가지 위에 먼저 피어나는 희한한 꽃이었다. 높은 곳에 피어 고개를 들어 바라보기 힘든 꽃이라 땅에 떨어지고 나서야 비로소 피었음을 알아차리게 했다. 봄꽃이 아닌 목련이 떠나고 나서야 사람들은 봄이 왔음을 알았다. 그저 전국의 꽃샘추위 때문에 올해 꽃이 더디다는 말들이 오갔다. 이미 목련이 왔다 갔다는 사실을 기억하는 이들은 드물었다. 벚꽃이 만개하는 전국 지도가 일기 예보와 함께 비춰지자, 분홍이 스크래치를 하며 고덕을 불러 세웠다.

"집사, 계절이 벌써 이렇게 됐나."

"어느새 봄이구나."

"오호, 집사 입에서 봄이라는 단어가 다 나오네."

"그러게. 몇 월 며칠이 아니라 봄이라고 하는 게 나도 신기해."

"계절의 변화를 느끼기 시작했다는 건 집사가 사람다워지고 있다는 뜻이지. 그저 패딩 아니면 반소매 셔츠였던 인생에 카디건도 들어오고, 니트도 들어오고. 아주 멋스러워진다는 소리기도 하고. 게다가 내 취향대로 집사 유니폼까지 입고."

분홍의 말대로 고덕은 분홍색 스웨터를 입고 있었다. 생전 자신의 쇼핑 목록에 없던 분홍색 옷을 선물한 것은 테오였다.

"너희들과 테오를 만난 뒤로 내 삶이 정말 따뜻해진 느낌이야."

"자, 그럼 슬슬 봄바람을 만나러 나가 볼까."

"산책하려고?"

"오늘은 탄천 쪽으로 가 보자."

"응? 갑자기 탄천은 왜?"

"오늘 그 근처 배수관에서 세상에 나올 애가 있어서."

"너, 너! 설마 지난번 록펠러 가문처럼 또 누군가를 아는구나?"

"누군지는 지금 말할 수 없고, 오늘 오는 건 알고 있어."

"누구? 어딘데?"

"배수관이라니까. 그나저나 한 50미터는 될 테니까 그거 벗고 해진 옷을 입고 가."

"뭐야? 나더러 배수관을 뒤지라는 거야?"

"그럼 집고양이인 내가 뒤질까? 덕 좀 쌓는다 생각하고 새끼 고양이들을 구하란 말이야. 맨날 아침마다 거울 보면 자기 죄가 낱낱이 보이잖아."

고덕은 분홍의 촌철살인에 할 말을 잃었다. 삼순이 주고 간 3회차의 능력을 얻은 뒤, 그가 마주하는 모든 생명의 과거 죄과를 읽게 되었다. 심지어 거울 속 자신의 죄까지.

면도를 하던 중 자기 눈동자를 통해 과거의 죄를 들여다보게 되었을 때, 그는 깜짝 놀라 당황하다가 얼굴을 베고 말았다. 그의 얼굴에는 지난 죄과들이 마치 노비의 낙인처럼 새겨져 있었다.

3회차의 눈을 얻고 난 뒤, 경찰로서 그의 실적이 눈에 띄게 좋아진 것은 두말할 나위도 없지만, 본의 아니게 다른 이들의 과거 죄과를 들여다보게 된 것은 피곤하고 힘든 일이었다. 죄과는 눈동자를 깊이 들여다보아야 읽을 수 있었다. 고덕은 사람들의 눈동자를 정면으로 바라보지 않기 위해 애썼다.

그래서 사람의 미간 어딘가, 눈썹과 눈 사이 눈두덩에 초점을 맞추며 눈동자 보는 일을 피했다.

평범한 인간으로 태어난 대부분이 소소하게 많은 죄를 짓고 산다는 사실은 위로가 되기보다 오히려 슬픔이 되었다.

그러나 분홍의 예측과 달리, 오늘 하천 배수관 어딘가에서 태어날 운명이 살짝 빗나가고 있었다. 강력한 서로의 의지가 다른 길을 찾고 있었다. 분홍이 예측한 배수관은 텅 비어 있었다. 예상치 못한 많은 봄비가 내리고 있었기 때문이다. 불어난 빗물에 배수관 안에 무언가가 있었다 해도 물살에 휩쓸려 떠내려갔을 판이었다.

"어? 이상한데. 분명 여기가 맞는데."

"너도 틀릴 때가 다 있네."

"아니야. 분명 오늘 배수관에서 태어날 운명이라고."

같은 시각, 두썸띵 동물병원 앞에 비를 맞은 길고양이 한 마리가 찾아왔다. 창밖을 보고 있던 테오가 아무 말 없이 문을 열어 주었다. 가쁜 숨을 몰아쉬며 병원을 찾아온 고양이는 새끼를 밴 암컷이었다. 테오가 수건으로 젖은 몸을 닦아 주는데도 사람의 손길을 거부하지 않고 가만히 있었다.

"그곳에 있었어도 됐는데……. 여기까지 찾아왔구나. 수고했어."

테오를 올려다본 어미 고양이는 천천히 눈을 깜빡이며 그에게 인사를 건넸다.

"잘 견뎌 줘서 고마워. 여기서 마음 편히 아이들 낳을 수 있게 도와줄게."

그때, 사료 봉지를 들고나오던 연주가 테오와 길고양이를 발견하고 걸음을 멈췄다.

"걔는 누구야?"

"길고양이인데 우리를 찾아왔어요."

"……어? 새끼를 뱄네?"

다급하게 다가가 몸 상태를 확인하던 연주는 암컷이 곧 출산할 예정이라는 걸 눈치챘다.

"뭐야, 진통이 시작됐는데 이 몸으로 비를 맞고 여기까지 온 거야?"

"정말 강인한 엄마네요."

"윤 선생! 지윤 실장! 정 선생!"

연주가 다급하게 직원들을 불렀다. 두썸띵 동물병원의 모든 직원이 총출동하여 해산실을 만들고 어미 고양이의 출산을 준비했다. 초음파로 몇 마리인지 검사할 시간조차 없었다. 이미 진통이 시작되었는지 어미 고양이는 고통스러운 신음을 내며 내내 자리를 맴돌았다. 사람들을 경계해 자꾸만 구석으로 숨는 통에 진료실 하나를 내어 주고 모든 사람이 나갔다. 문 앞에서 창문을 통해 지켜보던 연주는 언제든 위급 상황이 발생하면 들어가 어미 고양이를 도울 대비를 했다. 그러나 경계심이 많은 어미 고양이는 불안한 듯 마음을 놓지 못했다.

이윽고 첫 번째 새끼가 태어났다. 완전히 하얀 고양이였다. 어미 고양이는 막을 찢고 새끼를 핥기 시작했다. 새끼 고양이는 눈도 못 뜬 채 어미의 젖을 찾아 낑낑거리며 울었다. 어미 고양이에게 또다시 진통이 찾아오자 연주가 조심스레 문을 열고 들어갔다. 그리고 젖을 찾아 헤매는 새끼 고양이를 깨끗하게 닦고 어미의 젖을 물려 주었다. 연주는 어미 고양이에게 등을 돌리고 앉았다.

한참의 진통 끝에 또다시 한 마리의 고양이가 태어났다. 흰색 양말을 신은 검은 턱시도 고양이였다. 어미 고양이가 정성스레 핥고 나자, 연주가 고양이를 수건으로 꼼꼼하게 닦고 어미의 젖을 물려 주었다. 그리고 또 한참의 진통이 계속되었다. 20분이 지났는데도 나머지 고양이가 나오지 않자 연주는 마음이 다급해졌다. 어미 고양이가 젖 먹던 힘을 쥐어짜 아기를 밀어 내려 했다. 보다 못한 연주가 배 쪽을 살짝 밀자 물컹한 막에 쌓인 셋째가 세상에 모습을 드러냈다. 그러나 채 빠져나오지 못하고 산도에 걸려 있어 연주가 손으로 빼냈다.

어미는 탈진한 듯 가쁜 숨을 몰아쉬느라 새끼의 막을 찢어 줄

여력이 없었다. 할 수 없이 연주가 셋째 고양이의 막을 찢고 분비물들을 닦았다. 셋째 고양이는 연주의 손끝으로 감겨 들어왔다. 마치 연주가 어미인 것처럼 자꾸만 손바닥에 코를 박고 낑낑거렸다.

수없이 많은 생명을 받았지만 묘한 일이었다. 게다가 셋째는 흰털이 한 올도 섞이지 않은 완전히 검은 암컷 고양이였다. 검은 고양이가 이렇게도 예쁠 일인가. 연주의 마음이 외려 분홍빛으로 물들었다.

세 마리가 모두 태어나고 안정을 취한 뒤 산실의 문이 열렸다. 기다리고 있던 테오는 어미 고양이에게 조용히 인사를 건네고 들어갔다. 어미 고양이는 이미 테오가 고양이 말을 할 줄 안다는 걸 알고 있었기에 새끼 고양이들을 볼 수 있도록 허락했다.

테오는 세 마리의 새끼를 찬찬히 들여다봤다. 그러나 아직 눈도 뜨지 못한 젖먹이들의 과거를 들여다보는 것도 말을 건네는 것도 시기상조였다. 희한하게도 세 마리의 색깔이 무채색 꽃다발 같았다. 하나는 흰색, 하나는 검은색, 하나는 흰색과 검은색이 배합된 턱시도.

그 누구도 노란색, 흰색, 검은색이 섞였던 '그 친구'를 떠올리게 하는 색깔은 아니었다. 새끼들이 눈을 뜨려면 일주일, 그 시간을 기다려야겠구나.

막내 검은 고양이는 연주의 손안으로만 파고들었다.

"어머, 얘 좀 봐. 원장님이 엄마인 줄 아나 봐요."

진료실 밖에서 빼꼼 고개를 들이민 지윤의 말이었다.

그 순간 테오는 알았다. 말할 수도 없고, 눈을 뜰 수도 없는 상황에서 연주의 손길에 본능적으로 끌렸음을. 오롯이 한 생명을 얻은 삼순이 연주를 찾아왔음을.

뒤늦게 비를 맞고 도착한 고덕은 강인한 어미가 배수관을 나와 직접 제 새끼의 인연을 찾아왔음을 알았다. 고덕의 품 안에서 비 한 방울 맞지 않은 분홍이 고개를 쑥 내밀며 말했다.

"아이고, 맹모삼천지교네. 자기 자식 인연을 찾아 그 힘든 길을 걸어왔어."

"근데 저 새끼가 도대체 누군데?"

고덕은 무채색 고양이들을 보며 아무런 기시감을 느끼지 못했다. 기억 속 어디에도 저렇게 흑백 바둑알 같은 고양이들은 없었다.

"딱 보면 몰라?"

"생각나는 고양이가 없는데."

"과거의 모습은 손톱의 달만큼도 중요하지 않다고 몇 번을 말해."

"그래도 좀 닮아야 알지."

"기억도 이름도 다 두고 떠났는데 닮긴 뭘 닮아. 전생의 인연도 다시 태어나는데 아빠 집사 눈치는 언제쯤 이 세상에 나오려나. 쯧쯧!"

"전생의 인연? ……설마."

해산하고 한 달이 지났을 무렵, 젖을 물리던 어미는 병원을 떠났다. 남은 세 마리의 새끼 중 두 마리는 자주 찾아오는 고객에게 입양되어 갔고, 셋째인 검은색 암컷만이 남았다.

그 아이를 바라보는 연주의 마음이 복잡했다. 검은색 고양이가 입양되기 힘들다는 걸 누구보다 잘 알기에 더욱 망설여졌다.

두썸띵 동물병원의 사랑스러운 마스코트가 된 셋째는 아직도 제 집사에게 새 이름을 받지 못하고 있었다. 사실 연주는 자신이 집사로 간택당했다는 사실조차 인지하지 못하고 있었다. 셋째는 연주를 볼 때마다 칭얼거리면서 쫓아다녔다.

"이름 줘, 이름 줘."

실상 이렇게 외치고 다니는 것임에도 연주는 그 뜻을 알지 못했다. 셋째를 대신해 고덕과 테오가 연주를 재촉하기 시작했다.

"원장님, 셋째 이름 빨리 지어 주세요."

연주가 침묵하는 사이, 테오가 떠오른 이름을 말했다.

"검은 연탄 같으니까 연탄이 어때요?"

"에이, 연탄이가 뭐야. 여자애한테."

"이상한가?"

"까마니까 깜순이는 어때요?"

고덕은 나름 삼순이의 이름을 따서 '순' 자 돌림을 제안한 것인데, 듣고 있던 셋째가 하악질을 해 댔다.

"아, 그 이름은 촌스러웠구나."

고덕이 멋쩍은 듯 머리를 긁자 연주가 옅은 한숨을 내쉬며 말했다.

"아직 확신이 안 서요. 얘를 키울 다른 주인이 나타날지도 모르는데."

"한 달 동안 셋째로만 불렀잖아요. 그러지 말고 원장님이 새 이름 지어 주세요."

"맞아요. 원장님! 셋째가 우리 병원 마스코트니까 두썸띵이랑 연결 고리가 있는 이름으로."

"……."

"원장님네 고양이들은 다들 장수 고양이라 원장님이 이름 지어 주시면 이 아이도 오래 살 것 같아요."

"그럼……, 두 러브(Do love). 사랑하다. 줄여서 '두럽'."

고덕은 놀라 입을 벌렸고, 테오는 입을 다문 채 생각에 잠겼다.

"이상한가? 너무 입에 안 붙나?"

"아니, 처음에 '드럽'으로 들어서."

바로 그때 날카로운 발톱이 고덕의 발목을 할퀴었다.

"뭐가 드럽이야! 함부로 말하지 마!"

"아니, 그게 진짜 드럽다는 게 아니고, 어감이 살짝……."

셋째가 고덕에게 달려들자, 테오가 흥분한 셋째를 감싸 안고 말했다.

"원장님. 전 두럽, 정말 좋아요. 바로 '사랑하다'로 들렸어요."

"정말?"

"미국인이 '사랑하다'로 들린다는데 끝났네, 끝났어."

옆에 있던 고덕이 셋째의 눈치를 보며 덧붙였다. 셋째는 두럽을 사수하겠다는 비장한 눈빛으로 좌중을 훑어보며 으르렁거렸다. 연주의 말에 한마디라도 토를 달면 다 깨물어 버리겠다는 협박조였다.

"셋째 너도 두럽이 좋다는 거야?"

그 말에 셋째는 세로 눈동자를 동그랗고 귀여운 눈동자로 바꾸고 연주를 바라보았다. 곧이어 냐―옹 긴 울음소리로 답했다. 당신이 지어 준 그 이름이 정말 마음에 든다고.

그러나 다들 속으로는 '드럽'으로 불리겠구나, 친구들 사이에서 놀림 좀 당하겠네. 이런 생각들을 꾹 눌러 담고 있었다.

일찍이 누룽지의 이름을 지어 줬던 고덕은 이 작명의 의미를 알고 있기에 조심스레 한마디를 덧붙였다.

"원장님, 고양이 세계에서 이름을 지어 준다는 건 생을 준다는 의미……."

"아, 꼰대 같은 소리 그만해!"

셋째가 하악 대며 고덕의 뒷말을 잘랐다.

"그럼 이름 세 번 불러 주세요."

"네?"

"어디서 들었는데 고양이 이름 지어 주면 그 이름 세 번 불러 줘야 한대요. 그래야 서로의 인연이 성립하는 거라고. 그리고 첫 식사도 주고."

연주가 셋째를 바라보며 물었다.

"지금 불러 줄까?"

셋째는 아무 대답 없이 그윽한 눈빛으로 연주를 바라봤다. 그 눈빛만으로 연주는 이름을 기다리는 셋째의 마음을 알 수 있었다.

"두럽."

"……."

"두럽, 나에게 와 줘서 고마워."

"……."

"두럽, 내가 너의 막을 찢고 세상에 나오게 했으니 네 마지막 순간도 내가 함께할게. 우리 함께 잘 살아 보자."

"냐옹."

그 마지막 말에 두럽이 화답했다. 화답하는 순간 셋째는 임시 번호판과 같은 이름을 버리고 온전한 두럽이 되었다. 연주는 몰랐지만 고덕과 테오는 연주에게 안긴 두럽이 살짝 연주의 팔을 긁어 자신의 표식을 남기는 것을 보았다. 고양이 세계의 친필 언약이었다.

그러나 연주의 팔에 큰 상처가 날세라 두럽이 세심하게 힘을 조절해 당사자인 연주는 모르고 넘어갔다. 조폭 같은 분홍에 비하면 두럽은 얼마나 세심하고 착한 고양이인가.

"아, 뭐야! 저 정도도 되는 거였어?"

"언약하는 거 전에 보셨어요?"

고덕이 어마어마한 흉터가 생긴 자기 팔뚝을 보여 주자, 테오가 피식 웃었다.

"분홍이가 다섯 손톱 쫙 펼쳐서 피가 철철 흐르도록 할퀴었다고."

"친필 사인이 되게 진하네요. 잉크도 살짝 흘리고."

"흘린 게 아니라 쏟은 지경인 거지. 오늘 밥은 없다, 이분홍!"

같은 순간, 집에서 스크래처를 긁던 분홍이 간지러운 제 귀를 털어 댔다. 고덕이 보낸 저주파가 분홍의 귓전을 울린 탓이었다.

VI

저울 가게

하얗고 탐스러운 달이 휘영청 뜬 보름이었다.

보름달은 과학적으로 달이 태양 빛을 받아 앞면이 완전히 드러나 보이는 것일 뿐임에도 동서고금을 막론하고 신성한 힘이 나타난다고 믿어 왔다. 서양의 늑대 인간에서 동양의 구미호에 이르기까지, 긍정적으로는 분만실이 넘치고 부정적으로는 응급실이 넘쳐 나는 현상까지, 모두 보름달이 뜬 밤에 일어났다.

그리하여 시장통이 고양이 천지였다.

"우아! 길거리가 공기 반, 고양이 반이에요."

"오늘이 길일이니까."

할멈은 바쁜 발걸음을 멈추고 달이 뜬 까만 밤하늘을 올려다보았다. 눈이 보이지 않았지만 그 옛날 초가집 위에 피었던 하얀 박꽃이 떠올랐다. 먼 기억 속, 초가집 마당에서 아이들과 박꽃을 올려다보던 시절이 생각났다. 웃던 아이들도 사라지고 초가집도 사라졌는데 자신은 어찌 생을 반복하며 살아 그 기억을 안고 있는지. 가끔은 서글퍼졌다.

"보름달은 그 하얀 박꽃을 닮았었는데 지금도 그러할까."

"박꽃이 뭐예요?"

"아주 하얗고 어여쁜 꽃."

"보고 싶어요?"

"글쎄. 그 박꽃을 심었던 이가 그리운 건지, 그때가 그리운 건지 점점 희미해지는구나."

그리움마저 노쇠해지고 있었다. 옛것은 언제나 흘러가고 사라지는 법이므로.

노묘는 쓸쓸함을 털어 내고 다시 발걸음을 재촉했다.

이 시장통 뒷골목, 사람들의 왕래가 뜸한 곳에 '저울 가게'가 있다. 이 가게의 저울은 몸체는 초록색이고 수많은 눈금이 새겨진 아날로그식으로, 일명 '접시 저울'로도 불렸다.

접시 저울은 유달리 시장 상인들에게 인기가 많았다.

오래된 재래시장일수록 디지털 저울보다 이 아날로그 저울을 더 선호했다. 아날로그 저울이 눈속임으로 후려치기가 쉬웠기 때문이다. 시장에서 산 3킬로그램짜리 광어가 집에 오면 1.5킬로그램짜리가 되는 기적이 바로 이 아날로그 저울에서 일어나곤 했다.

사실, 더 신기한 것은 저울 가게가 시장 상인들보다 이 도시의 고양이들에게 더 인기가 많다는 점이다.

달마다 보름이 되면 고양이들은 성지 순례를 하듯 저울 가게를 찾아왔다. 오늘 저울 가게 주변은 날을 잡아 몰려든 고양이들로 묘산묘해였다.

골목 어귀에 숨어서 저울 가게를 보고 있던 막내가 다시 노묘에게 물었다.

"할멈, 근데 꼭 보름이어야 돼요?"

"늑대 인간이 왜 보름에만 변했겠냐? 보름달이 능력치를 강화해 주니까 그렇지. "

"오! 근데 다들 가게 앞에서 다리 스트레칭하고 기지개 켜고 난리인데요. 물도 벌컥벌컥 들이켜요."

권투 시합에서 체중을 측정하기 전 수분을 빼기 위해 마지막까지 땀을 빼는 것과는 딱 반대로 고양이들은 회차 완성도 측정을 높이기 위해 몸무게를 늘리고 있었다.

"1회차들이구나. '완성도 저울'이 정말 몸무게를 재는 건 줄 아는 게야."

노묘는 짓무른 눈으로 주변을 탐색하듯 돌아보며 물었다.

"밀적금강은 오늘도 금강문 자리로 돌아오지 않으려나?"

할멈은 보이지 않는 눈으로 주변을 둘러보며 기를 느끼고 있었다. 눈이 보이지 않지만 상대가 내뿜는 오라로 그 상대의 선행과 죄과, 과거와 먼 미래를 읽을 수 있는 것도 할멈의 능력 중 하나였다. 가까운 거리에 있었다면 밀적금강의 힘을 느꼈을 것이다.

"어? 문 입구에 되게 덩치 큰 고양이가 앉아 있어요."

"그는 밀적이 아닌 문지기 고양이 '덩치'야. 덩치가 회차 저울로 가는 길을 지키고 있어서 '개나 소나' 못 드나드는 거지. 막내야, '개나 소나 뭘 한다'는 건 우리 고양이 속담이 구전되어 흘러간 거란다."

막내의 눈에 막무가내로 들어가려다 엿가락처럼 몸이 휜 채 날아가는 고양이 한 마리가 보였다. 덩치의 힘 앞에 당해 낼 장사가 없었다.

"와, 할멈이 저걸 봤어야 하는데."

"소리만 들어도 다 알지."

"저런 덩치가 지키고 있으니 아무나 회차 저울에 못 올라가는 거네요."

"덩치는 입구를 지키는 거지. 회차 저울을 지키는 이는 그보다 더 강력한 힘을 가진 존재야."

"예? 저 덩치보다 더 강력한 힘을 가진 고양이가 있다고요?"

막내는 놀라움에 벌어진 입을 다물지 못했다.

"아니, 회차 저울이 그렇게 중요해요?"

"이 세계에서 유일하게 고양이 회차를 알 수 있는 게 회차 저울이다. 가장 중요한 회차 저울을 금강이 지키고 있는 거고."

"그럼 다른 저울은요?"

"모두 회차 완성도 저울인 거지. 1회차는 다음 2회차로 넘어가는데 몇 할을 왔는지, 2회차는 다음 3회차로 넘어가기까지 얼마나 남았는지, 그게 궁금들 한 게지. 물론 궁금하다고 아무 때나 잴 수 있는 것은 아니고."

"그래서 저울 가게 들어가기가 개한테 고양이 말 가르치기보다 어렵다고 하는 거군요."

"그럼! 어떤 곳에는 사천왕이 지키는 저울이 있고, 어떤 곳에는 보살이 지키는 저울이 있단다. 절에 들어가 보면 금강문도 있고 일주문도 있지 않니. 다들 자기 자리에서 제 몫을 하는 거지."

"절 입구의 사천왕을 본 적이 있어요. 그러고 보면 우리 세계가 불교랑 많이 닮았네요."

"예끼! 불교가 우리를 따라 한 거다. 우리가 먼저야. 우리는 인간들처럼 기록을 못 남겼을 뿐이야."

"그럼 증명할 방법이……."

막내는 눈알 없이도 자신을 노려보는 할멈의 매서운 눈초리를 느낄 수 있었다.

막내가 눈을 돌린 곳에 나이 많은 고양이 한 마리가 느릿느릿

걸어가 저울 가게 안을 들여다보고 있었다. 덩치 큰 고양이가 아닌 가게 주인에게 쫓겨나면서도 늙은 고양이는 저울 가게 주위를 떠나지 않았다.

특히 나이가 많은 고양이일수록 회차의 완성도에 집착하는데, 여기에 고양이 환생의 가장 큰 비밀이 숨어 있었다. 고양이의 환생을 믿는 사람들조차 이 환생에 복잡한 규율이 있음을 알지 못한다.

만약 하나의 생이 다 끝났을 때, 그 회차를 완성하지 못하고 죽으면 다음 회차로 올라가지 못하고 다시 1회차로 환생한다는 사실이다. 고양이들은 '쭉 미끄러진다', '이등병으로 강등'이란 표현을 은어로 사용했다. 쭉 미끄러져 영원히 1회차의 묘생을 사는 것은 뱀파이어의 불멸의 삶에 준하는 저주로 여겨졌다.

"영생은 축복이 아닌가?"

누군가 묻곤 한다.

그러나 그 영생은 빛을 제외한 모든 것을 다 가진 삶이다. 하지만 이룰 것 없이 지긋지긋하게 반복되는 삶이 저주인지 아닌지는 지리멸렬한 당신의 오늘을 돌아보면 답을 알게 될 것이다, 라고 고양이들은 잔인한 답을 던져 준다.

완성도 저울은 물리적인 무게를 재는 것이 아니라 고양이의 내면 능력치를 측정하는 데 사용되지만, 수많은 모습으로 나타났다. 어떨 때는 정말 아날로그 저울이 되기도 하고, 또 어떤 때는 시소가 되기도 했다.

예를 들어 2회차의 고양이가 3회차의 능력을 얻을 때 그 완성도를 예측하려 저울에 올라가면 바늘은 2와 3 사이 어딘가에 멈춰 선다. 절반쯤 왔다면 0.5, 9할을 완성했다면 0.9로 나타내니 회차의 완성도를 쉽게 가늠할 수 있는 것이다. 그러나 이 가게의 수많은 완성도 저울 중 단 하나, 하얀색 양팔 저울만은 용도가 달랐다. 이 저울이 어떻게 쓰이는지는 오직 그 주인만이 답을 알고 있었다.

'운동 삼아.'

고양이들은 최근 몸만들기에 열심인 고덕을 이렇게 꼬드겼다.

7킬로그램짜리 고양이를 덤벨처럼 들고 걷는 것으로 오후 헬스장을 대신할 수 있다고. 똑똑한 줄무늬는 제 부탁을 하면서도 고덕의 마음이 흔들릴 만한 제안을 했다. 근육도 키우고, 고양이 부탁도 들어주고.

그러나 그 길에 5킬로그램짜리 분홍까지 따라나선 것이 문제였다. 집 밖으로 나가는 것을 극도로 싫어하는 분홍이 나선 것은 의외였다. 두 마리 고양이를 양팔에 안고 길을 나서자마자 고덕은 후회되기 시작했다. 무게도 무게였지만 두 마리가 아웅다웅 시끄럽게 다투는 것이 더 문제였다.

"아, 너는 왜 따라오고 난리야?"

"그러는 아저씨는 왜 남의 집사를 꼬드겨 내는데?"

"꼬드겨 내긴 뭘 꼬드겨? 자기 발로 나선 길이잖아."

"그러면 케이지 안에 얌전히 들어갈 일이지 왜 내 집사 팔뚝에 안기냐고!"

분홍의 말대로 왼쪽 팔에는 줄무늬가, 오른쪽 팔에는 분홍이 안긴 채로 티격태격하고 있었다.

"아저씨 엉덩이 좀 저리 치워. 자꾸 부딪치잖아."

"너나 움직이지 마. 자꾸 들썩대는 통에 머리가 흔들린다."

"집사, 이 아저씨 땅바닥에 내려놓고 걸어가라 해. 메리도 걸어가고 있잖아."

"난 관절이 안 좋아서 오래 못 걸어."

"스트리트라며? 자유는 목숨이라면서 사람한테 들러붙는 거 부끄럽지도 않나!"

"어른한테 버릇없이."

"어른인지 아닌지 진짜 회차 까라고!"

"3회차라니까!"

"나도 3회차라고!"

"어디서 코에 침도 안 바르고 거짓말을!"

고덕은 끝없이 싸우는 두 고양이 때문에 양쪽 귀가 따가웠다. 급기야 서로에게 냥 펀치를 날리는 고양이들을 떼어 놓느라 목적지에 도착하기도 전에 진이 빠질 지경이었다.

보름이었고 선선한 밤이었다. 격앙된 고양이들의 감정은 츄르를 먹여 줘도 쉬 가라앉지 않았다. 게다가 길일이라는 말이 무색하게 길 어디에도 고양이 그림자 하나 보이지 않았다.

"우리 잘 찾아온 거 맞나? 고양이 핫플레이스라면서. 쥐새끼 한 마리도 안 보이는데."

"핫플은 좀 더 위에. 다들 거기 가 있으니까 안 보이는 거야."

천장이 있는 긴 터널 같은 시장 구역이 끝나고 찻길로 나오자 또 다른 가게들이 보였다. 먼저 와서 기다리고 있던 메리가 고덕을 부르고 사라졌다. 가게 앞에 옹기종기 모여 있는 여러 마리의 길고양이가 보였다. 이곳은 월, 수, 금마다 고덕이 찾아오는 저울 피아노 학원이었다.

"여긴 왜? 오늘은 레슨도 없는데."

"집사는 여기에만 이렇게 고양이들이 많은 게 이상하지 않았어?"

"이상하기는 했지만 나야 워낙 너희들에게 둘러싸여 있으니까 그러려니 했지."

"여기는 고양이 세계의 관문이야."

"무슨 관문?"

"뭐긴 뭐겠어? 다음 회차로 가기 위한 문인 거지."

"그래서 온 동네 고양이가 총출동한 거구나. 근데 메리는 어디로 간 거야?"

"자리 맡으러 갔지. 여기서 집사 육감 테스트 좀 해볼까? 핫플레이스가 저울 가게일까, 반려동물용품 가게일까, 피아노 학원일까?"

희한한 점은 세 가게 모두에 드문드문 고양이가 있다는 점이었다. 반려동물용품 가게에 있는 것은 그렇다 치더라도 다른 두 곳에 고양이가 드나드는 것은 기이한 일이었다. 일단 반려동물용품점으로 들어가 보려는 순간, 어슬렁거리며 걸어온 고양이가 피아노 학원으로 들어가며 말했다.

"저리 비켜, 내가 먼저야."

그 고양이가 피아노 학원으로 들어서자 딸랑— 종이 울리며 가게 유리창에 숫자 '056'이 떴다 사라졌다. 고덕은 제 눈을 의심했다.

"방금 그거 뭐지? 너희도 봤어?"

"번호표야."

"번호표를 뽑아? 여기가 뭐 하는 덴데?"

"뭘 하기 이전에 번호표를 뽑고 서류 작성하는 곳이지. 진짜는 끝에 있는 저 저울 가게야. 반려동물용품 전문점을 앞세워 두 가게를 눈가림하는 거라고. 일단 피아노 학원 들어가서 번호표부터 뽑아."

고덕은 통 영문을 알 수 없었지만 줄무늬 말대로 피아노 학원 안으로 들어갔다. 고덕이 들어서자, 유리창에 '057' 숫자가 반짝 뜨고 사라졌다.

딸랑— 현관문에 달린 종이 울리자 연습실 안에서 70대 초로의 할머니가 나와 고덕을 내다봤다. 윤 원장님으로 불리는 고덕의 피아노 선생님이었다. 열린 문 사이로 피아노 건반을 두드리고 있는 고양이가 보였다. 왜 왔냐는 물음이나 인사 없이 윤 원장은 손가락 세 개를 들어 보이고 다시 연습실 안으로 들어갔다.

고덕은 그 손가락이 무엇을 의미하는지 도통 알 수가 없었다.

"원장님도 너희를 알고 있는 거야?"

"알 것 없고 3번 연습실로 가."

줄무늬가 초조한 얼굴로 답했다. 안고 있는 줄무늬의 몸이 사시나무처럼 떨리고 있었다. 그의 품에 안겨 오려고 했던 이유를 알 것 같았다.

고덕은 입을 다문 채 3번 연습실을 찾아 긴 복도를 따라갔다. 복도를 걸어가는 길에 본 수많은 연습실 안이 온통 고양이들로 북적이고 있었다.

3번 연습실 문을 열고 들어가자 미리 와 있던 메리가 그들을 기다리고 있었다.

"왜 이렇게 늦었어? 이러다 보름달 놓치는 수가 있어."

고덕의 품에 안겨 있던 줄무늬가 고덕을 올려다보며 말했다.

"고덕 선생, 나 떨고 있니?"

어이없는 상황에 돌연 귀엽다는 생각이 드는 건 뭐지. 고덕은 줄무늬를 안정시키기 위해 목덜미를 긁어 주며 말했다.

"우황청심환이라도 사 올까?"

"그래 줄래?"

"너 오늘이 처음이야?"

"……사실은."

"아빠 집사, 딱 그 반대야. 이 아저씨는 처음이 아니라 거의 마지막이라 떨고 있는 거야."

"계속 떨어졌던 거야?"

"올해만 열 번, 이제 두 번밖에 안 남았어. 그래서 줄무늬 형님 대신 내가 먼저 와서 명당 연습실을 잡았잖아. 합격률이 제일 좋은 방 기운이라도 받자고."

"흥! 꼭 실력 없는 애들이 운 찾아다니지."

바닥에서 기지개를 켜던 분홍이 말하자 줄무늬가 화를 냈다.

"야! 남의 일이라고 함부로 말하지 마. 너도 얼마 안 남았어!"

"그러니까, 한 방에 가라고."

줄무늬가 초조한 듯 제 발톱을 물어뜯었다. 메리는 꼬리로 피아노 건반의 먼지를 털어 내고 비장한 표정을 지으며 줄무늬 옆에 섰다.

"준비 끝!"

고덕은 모든 것이 낯설고, 의문투성이였기에 묻고 싶은 것이 많았다.

"얘들아, 근데 이걸 왜 해야 하는 거야?"

'무엇이든 물어보세요'에 가깝던 두 마리의 고양이가 입을 다물었다. 고양이의 비밀이라는 회차조차 거리낌 없이 말하던 줄무늬와 메리가 침묵하는 것이 이상했다. 그들을 대신해 구석에 있던 분홍이 말했다.

"이건 우리 운명이 시키는 일이야."

"운명?"

"고양이는 필연적으로 자기 회차를 완성해야 해. 완성해야 다음 회차로 태어날 수 있어."

"만약 완성하지 못하면?"

"쭉 강등돼서 다시 1회차가 되는 거지. 게임으로 치면 리셋되는 거야. 그동안 생고생했던 모든 것이 물거품이 되는 거라고."

"그럼 여기 오면 그 회차를 완성하는 건가?"

"아니, 여긴 중간에 거쳐 가는 곳. 회차를 완성하는 것은 인간으로 치면 도를 닦는 거랑 비슷해. 그건 쇠털 같은 고양이의 일생에 걸쳐 하는 거고, 생의 마지막 해에 그걸 확인하라고 연락이 와. 그 1년 동안 회차 저울에 완성도를 달아 보라는 거지. 근데 달고 싶다고 아무나 올라갈 수 있는 건 아니고, 이 피아노 연습실에서 그 회차 저울로 갈 수 있는 번호표를 뽑고 시험을 치러야해. 여길 통과해야 저울 가게의 저울에 올라갈 수 있어."

"고양이 세계도 나름 치열하네. 그럼 9회차를 완성하는 건 정말 득도의 경지겠구나."

"9회차를 완성하면 고양이들의 천국으로 가는 거지. 거기가 어딘지는 아무도 모르지만."

고양이들의 얼굴에 우울함이 얼비쳤다. 늘 부풀어 있던 과자 봉지 같던 줄무늬와 메리가 쭈글쭈글해진 빈 봉지처럼 힘이 빠진 모습이 낯설었다.

고덕은 그제야 줄무늬와 메리가 숨기고 있는 복잡미묘한 감정을 눈치챘다.

"생의 마지막 해에 연락이 오는 거라면 줄무늬 너는……."

"……."

"그런 거구나."

"가야 할 때가 된 거지. 스트리트치고 오래 살았어, 난. 몇 번의 인생이 더 남아 있다고 해도 이렇게 서글프네, 젠장."

자신의 마지막을 덤덤히 얘기하는 줄무늬를 보고 있자니 마음이 저렸다.

"설마 고양이더러《체르니 30번》을 치라는 건 아니겠지? 너희는 남의 머리는 30번 쳐도 피아노 치는 건 무리 아닌가."

웃자고 던진 농담인데 받아 주는 고양이 하나 없자 고덕은 머쓱해졌다.

바로 그 순간, 열려 있던 피아노 뚜껑이 쿵― 소리를 내며 저절로 닫혔다.

피아노 근처에 다가가지도 않았는데 귀신이 곡할 노릇이었다. 그러나 고양이들의 등털이 바짝 곤추섰다. 피아노 뚜껑이 닫히는 것은 시험이 시작된다는 신호였다.

고양이들은 긴장한 기운이 역력했다. 메리와 줄무늬는 조심스레 의자에 올라 귀를 쫑긋거리며 무언가를 기다렸다. 쥐 죽은 듯한 적막 속에서 고양이들의 눈빛이 날카로워졌다.

3년과도 같은 3초가 흐른 뒤 천장에 매달린 스피커가 웅― 소리를 내며 울렸다. 모두의 시선이 스피커에 집중된 순간, 소리가 들렸다.

쿵― 뚜당― 따라라― 슝― 와장창― 퍽퍽―.

정체를 알 수 없는 이상한 소리의 연속이었다.

하지만 소리가 끝나자 줄무늬는 앉아 있던 피아노 의자에서 바닥으로 뛰어내렸다.

쿵—

그러고는 바로 옆에 놓인 드럼을 밟아 뚜당— 소리를 내고 피아노 건반을 따라라— 두드렸다.

가만히 보고 있던 고덕은 스피커에서 나온 소리를 그대로 재현하는 것이 테스트임을 뒤늦게 알아차렸다.

마지막으로 줄무늬는 피아노 위에 놓여 있던 컵을 바닥에 슝— 떨어뜨려 와장창 깼다. 그러고 나서 옆에 있던 메리의 머리를 아무 이유 없이 퍽퍽— 때렸다.

한바탕 소란이 끝나고 줄무늬가 안도의 한숨을 내쉬자, 머리를 맞은 메리도 제 머리를 문지르며 말했다.

"대장, 수고했어. 이번에는 느낌이 좋아. 통과할 것 같아."

옆에서 보고 있던 분홍이 콧방귀를 끼며 말했다.

"응, 그건 네 생각이고. 땡! 바가지 타 가세요."

바로 그 순간, 스피커에서 윙— 하는 소리가 새어 나왔다.

"3번 방, 오답입니다."

"아, 뭐야! 이게 오답이야?"

"이래서 보름달 지기 전에 저울 가게까지 갈 수나 있으려나."

"넌 남의 일에 초 치지 말고 빠져!"

바로 그때 똑똑— 노크 소리와 함께 누군가 연습실의 문을 두드렸다. 문을 열어 보니 사람은 보이지 않고 유리컵 하나가 놓여 있었다. 의아한 고덕이 그 유리컵을 들자 피아노 위 컵이 놓여 있던 자리가 반짝였다. 새 컵을 놓으라는 신호 같았다. 컵을 그 자리에 놓으니 바닥에 있던 깨진 유리컵 조각이 마법처럼 사라졌다. 연습실의 피아노와 소품들이 순식간에 다른 색깔, 다른 제품으로 바뀌었다. 바뀌지 않은 것은 오직 유리컵 하나뿐이었다.

또다시 스피커에서 준비를 알리는 웅— 소리가 흘러나왔다. 출제된 시험의 소리는 똑같았다. 문제는 줄무늬가 긴장해 소리를 이상한 엇박으로 재현한 것이었다. 뭘 모르는 고덕조차 정답을 듣기도 전에 오답인 걸 알았을 정도였다. 스피커는 아무 감정 없이 "오답입니다"를 흘렸다.

절망감이 엄습한 연습실 안에서 조심스레 고덕이 물었다.

"이거 횟수 제한 있어?"

"있지, 왜 없겠어. 세 번이고 이제 한 번 남았어."

초조한 줄무늬의 대답에 분홍이 마뜩잖은 표정으로 말했다.

"흥! 남은 한 번도 글렀어. 엇박자는 점수 몇 점 감점이지만 소리를 내는 대상이 틀리는 건 과락이야. 완전히 헛짚었어."

분홍의 말에 줄무늬가 떨리는 목소리로 물었다.

"꼬맹이, 넌 오답인 거 어떻게 알았어?"

"고양이 장난질 한두 번 해 봐? 어떻게 그 차이를 모를 수가 있어."

"차이? 난 들리는 대로 냈는데?"

"틀렸다고."

"뭐가 틀렸는데?"

분홍이 대답 없이 발을 그루밍하고 돌아서 앉자 속이 타들어 가는 것은 줄무늬였다.

"이봐, 꼬맹이. 그러지 말고 힌트 좀 주라. 나 오늘도 통과 못 하면 이번 목숨은 그냥 넘기는 거야. 회차 저울에 올라가도 완성도가 높다는 보장도 없고."

"글쎄, 내 알 바 아니라서."

"원하는 게 뭐야? 보은권만 아니면 뭐든 들어줄게."

"보은권 줘도 해 줄까 말까인데, 보은권을 빼시겠다면야."

"아, 아니. 내 말은 보은권이든 뭐든."

돌아앉아 있던 분홍이 새침하게 고개만 돌리며 말했다.

"뭐든?"

"그래, 뭐든."

"……좋아. 그럼 약속해. 앞으로 내 집사 쓰려면 나한테 먼저 사용 허락받아. 그게 내 조건이야."

"아니, 내가 또 언제 네 집사를 그리 썼다고……."

분홍 눈의 세로줄이 가늘어지자 줄무늬가 꼬리를 내리고 답했다.

"알았어. 그렇게."

"함부로 찾아와서도 안 되고, 함부로 부려 먹어서도 안 돼. 부려 먹어도 내가 부려 먹어. 언제나 내 허락이 있어야 해."

가만히 둘의 대화를 듣고 있던 고덕은 기가 찼다. 자신을 두고 하는 두 마리 고양이의 거래에 기가 막힐 노릇이었다.

"이보세요, 고양이 씨! 당사자를 놔두고 허락을 받으라 마라는 건 너무한 거 아닌가."

"고덕 선생은 빠지시고, 자 그래서, 잘못된 구간이 뭔데?"

속이 타들어 가는 줄무늬가 분홍 앞으로 바짝 다가와 간구하듯 물었다.

"슝―와장창―이 틀렸어."

"슝―은 컵을 떨어뜨리는 게 맞고 와장창―도 깨치는 소리잖아. 도대체 어디가 틀렸다는 거야?"

"컵을 바닥에 떨어뜨리는 슝―이 아니라 벽으로 날리는 슝―이야. 와장창―은 벽을 맞고 산산조각이 나는 소리여야 하고."

"아! 그런 거였어?"

깨달음을 기뻐할 새도 없이 노크 소리가 들렸다. 고덕은 유리컵을 집어 와 피아노 위에서 멈추고 줄무늬를 바라봤다. 이 기회가 마지막임을 알기에 줄무늬에게 눈으로 묻기 위해서였다. 마음의 준비가 됐냐고.

줄무늬가 고개를 끄덕이자, 고덕은 마지막 유리컵을 피아노 위에 내려놓았다. 컵이 놓인 자리가 반짝이고 윙— 다시 스피커가 켜지고 또다시 시험이 시작됐다.

쿵— 뚜당— 따라라— 슝— 와장창— 퍽퍽—.

소리를 들은 줄무늬는 피아노 의자에서 바닥으로 쿵— 떨어졌다가, 옆에 놓인 드럼을 밟아 뚜당— 소리를 내고, 피아노 건반을 따라라— 두드린 뒤 피아노 위에 놓여 있던 컵을 벽 쪽으로 슝— 날려 와장창— 깨뜨렸다. 마지막으로 옆에 있던 메리의 머리를 아무 이유 없이 퍽퍽— 때렸다.

모두가 숨죽인 그 순간, 스피커에서 소리가 흘러나왔다.

"3번 방, 합격입니다."

그 소리에 줄무늬가 환호성을 내지르며 천장으로 솟구쳤다. 스피커에서 합격을 알리는 경쾌한 배경음이 흘러나왔다.

"3회차 줄무늬는 저울 가게로 오십시오."

"야! 드디어 이 몸이 저울 가게로 간다!"

"아유, 내가 저 형님 시험 도와주느라 머리를 얼마나 두들겨 맞았는지 뼛골이 다 쑤신다."

"메리, 고맙다! 내 이 은혜 잊지 않을게."

"회차 완성 못 하면 다 까먹고 1회차로 미끄러질 거면서. 회차나 완성하고 말하쇼."

그 말에 줄무늬가 비장한 표정을 지으며 말했다.

"비록 길고양이지만 생을 충실하게 살았어. 이번에는 기필코 회차를 완성할 거야."

고양이들은 저울 가게로 가기 위해 서둘러 피아노 학원 뒷문으로 나갔다. 뒷문으로 나서자 좁은 골목이 수십 마리 고양이들로 문전성시를 이루고 있었다. 그들 대다수는 피아노 학원의 시험을 통과하지 못한 아쉬움에 정보라도 얻을까 싶어 저울 가게를 기웃거리는 고양이들이었다.

메리가 길을 뚫듯 그들 사이를 비집고 들어가며 외쳤다.

"비키시오, 비키시오! 시험 통과자 지나갑니다."

저울 가게의 뒷문을 지키던 덩치 큰 고양이가 메리를 가로막았다. 그는 고갯짓으로 문 입구에 놓인 발판을 가리켰다. 메리가 'WELCOME'이라 새겨진 초록 발판에 올라서자, 알파벳 조합이 'OUT'으로 바뀌며 발판이 메리를 문밖으로 던져 버렸다. 보고 있던 고양이들이 낄낄대며 웃자 메리가 흙을 툭툭 털며 말했다.

"이야, 여기 입구 필터링 좋네. 이제 줄무늬 형님이 해 보쇼."

줄무늬가 흠흠 헛기침하며 올라서자, 글자 조합이 'IN'으로 바뀌었다. 좌중의 부러운 시선을 받으며 줄무늬는 의기양양하게 손

을 흔들었다. 시끄러운 틈을 타 메리가 줄무늬의 등 뒤에 바짝
붙어 함께 들어서려 하자 덩치가 메리 앞을 가로막았다.

"수 쓰지 마. 척추 접히는 수가 있어."

그때 고덕의 품에 안긴 분홍이 말했다.

"집사, 너도 들어가."

"내가? 여긴 테스트 합격자만 들어갈 수 있다며."

"집사는 집사라서 들어갈 수 있어."

"내가 왜?"

분홍은 대답 대신 고덕의 품 안에서 뛰어내리며 그의 뺨을 발
로 찼다. 휘청거리던 고덕이 문 앞으로 밀려나자 덩치가 말했다.

"웬 인간이냐?"

"이 사람은 천 년 집사 경연에 참가한 후보야. 저울 가게에 들
어갈 자격 있어."

분홍의 말에 기다리고 있던 다른 고양이들이 놀란 눈으로 고
덕을 올려다보았다. 소문으로만 듣던 천 년 집사 후보를 직접 눈
앞에서 보다니. 놀라움이 가득한 눈초리였다.

"인간, 정말인가?"

고덕이 천천히 고개를 끄덕이자 의심스러운 눈빛의 덩치가 말
했다.

"발판 위에 올라서 봐."

"집사, 올라서."

고덕은 발판이 자신을 던져 버릴지도 몰라 조심스럽게 초록 매트 위에 올라섰다. 고양이가 아닌 인간이 올라서자 발판이 요란하게 꿈틀대기 시작했다. 알파벳 조합이 이상한 문자로 뒤바뀌고 초록색이 검은색으로 변하더니 급기야 고덕을 공중으로 떠오르게 했다. 잠시 후, 발판은 집사를 뜻하는 'BUTLER'로 바뀌었고 곧이어 숫자 '2'가 나타났다. 사실을 확인한 뒤 덩치가 말했다.

"네가 고양이 하나에 삶 하나의 목숨을 받은 소문 속의 그 인간이군. 저 고양이를 따라 들어갈 텐가?"

고덕의 눈에 바들바들 떨고 있는 줄무늬의 뒷모습이 보였다. 간절한 그 눈빛을 모른 척할 수 없었다. 고덕이 안으로 들어서자, 투명하게 가로막던 장막이 그의 몸을 흡수하듯 빨아들였다.

차원의 장벽 같은 투명한 막을 통과하자 밖에서 보던 것과 전혀 다른 별천지가 펼쳐졌다. 고덕은 산사로 올라가는 길 한가운데 서 있었다. 그 길의 끝에는 일주문과 사찰이 보였다. 길을 따라 올라가니 커다란 너럭바위 위에 호랑이보다 큰 고양이 한 마리가 자리 잡고 앉아 있었다. 부릅뜬 눈과 근육질의 몸, 3미터에 달하는 키를 보아하니 보통 고양이가 아닌 듯했다.

그 고양이를 보자 오돌오돌 떨던 줄무늬가 고덕의 품 안으로 달려들었다.

"그, 금강역사야. 눈 깔고 빨리 지나가."

"금강역사?"

"회차 저울을 지키는 금강역사 고양이야. 저 고양이가 입을 '아' 하고 벌렸는지 '훔' 하고 닫았는지 봐 봐."

고덕도 곁눈질하듯 흘깃 금강역사 고양이를 바라보았다. 하필 그 순간, 그들을 노려보던 고양이와 눈이 마주쳤다. 숨이 멎을 듯한 공포감이 엄습했다.

"봤어?"

"입을 다문 것 같기도 하고 살짝 벌린 것 같기도 한데."

"아이, 답답해! 그럼 손에 뭘 들고 있어?"

"아무것도 없는데."

"그럼 밀적금강이 아니라 나라연금강이네."

"웅?"

"사찰 금강문에는 두 개의 금강역사가 있는데, 오른쪽이 '나라연금강'이고 왼쪽이 '밀적금강'이야. 나라연은 힘이 코끼리보다 백만 배 세고, 밀적은 손에 든 금강저를 휘두르는 무시무시한 수호신이야."

그 말을 들은 나라연금강이 고덕을 향해 몸을 돌렸다. 고덕과 눈이 정면으로 마주친 그는 꼬리로 탕— 하고 바위를 치며 온 산사를 뒤흔들었다.

"하찮은 중생이 감히 나와 눈을 마주치다니. 죽음이 두렵지 않나!"

고덕을 대신해 줄무늬가 바닥에 바짝 엎드려 읍소하듯 말했다.

"나라연금강역사시여. 저희는 그저 회차 완성도를 재러 온 한 낱 중생입니다. 이 인간은 천 년 집사 경연에 참여한 자라 이곳의 질서를 모릅니다. 부디 자비를 베푸십쇼."

"거기 인간, 너로군."

가타부타 주어가 없는 말이었지만 '너로군'이 무얼 의미하는지 확실했다. 나라연금강역사는 고덕 옆의 줄무늬를 보며 의미심장한 말을 건넸다.

"네 옆을 지키는 이가 그 고양이뿐인가?"

"무슨 말씀인지……."

"그렇다면 밀적과 길이 엇갈린 모양이로군."

도무지 알 수 없는 수수께끼 같은 말뿐이었다.

"홈을 만나면 전하시게. 비어 있는 자리 걱정하지 말고 대도를 이루라고. 나도 그와 같은 모습으로 여기를 지키겠다고."

자리를 떠나면서도 고덕의 머릿속은 온통 의문투성이였다. 그가 물어볼 곳이라곤 꼬리를 다리 사이에 말아 넣고 벌벌 떨고 있는 줄무늬 고양이 한 마리뿐이었다.

"줄무늬, '밀적'은 뭐고 '홈'은 또 뭐야?"

"아, 오줌 마려워. 심장 졸아서 죽는 줄 알았네."

"내가 한 말 들었어?"

"다 들었어. 회차 저울에 올라가는 것보다 저 나라연금강을 만나는 게 더 떨리는 일이었어. 마음 추스를 시간이 좀 필요하다고."

"그러니까 나라연금강이랑 밀적금강, 그런 게 다 뭐냐고!"

"사찰 입구 지키는 인왕을 가리키는 말이야. 보통은 사천왕만 있지만 이렇게 큰 기운이 있는 곳은 금강문까지 만들어 입구를 단단히 지키거든. 그 문을 지키는 두 역사가 나라연금강과 밀적금강이야. 아까 본 그 나라연금강은 입을 벌리고 있었잖아. 그래서 '아금강역사'라고 하고 입을 다물고 있는 밀적금강은 '훔금강역사'라고 해."

"아, 밀적금강역사랑 훔금강역사가 같은 말이다?"

"입을 벌리고 있느냐, 다물고 있느냐, 왼쪽에 서 있냐, 오른쪽에 서 있냐의 차이지만, 가장 큰 건 '금강저'라는 어마어마한 지혜의 무기를 가지고 있느냐의 차이지. 무기를 지닌 뭔가를 보게 되면 그냥 바짝 엎드려."

나라연금강조차 저리 등골이 오싹할 만큼 두려운 데 금강저를 지닌 밀적금강은 얼마나 오금이 저릴 존재일지. 고덕은 머리털이 쭈뼛 서는 것 같았다.

"그런데 '밀적과 길이 엇갈렸다'가 무슨 뜻이지?"

"우리 오는 길에 저렇게 생긴 무시무시한 고양이를 만난 적 없지?"

"……"

"제발 없다고 말해 줘."

"없는데."

"휴, 다행이다. 밀적금강을 만나면 그 자리에서 오줌을 지릴지도 몰라. 가만! 네 옆을 지키는 이가 나뿐이냐고 했잖아. 길이 엇갈렸다고도하고. 그게 무슨……"

그 말은 밀적금강역사가 고덕을 찾아다닌다는 뜻이었다. 고덕의 옆을 지키는 수호신이 아무도 없다는 걸 확인한 것은 손쉽게 그를 처단하려는 뜻인지도 모른다. 어쩌면 이미 가까운 곳에 와 있을지도.

설마, 에잇, 그럴 리가…… 아니, 설마!

그 단 하나의 가능성에 줄무늬가 고개를 세차게 저으며 걸어갔다.

그때 조그만 고양이 한 마리가 다가와 고덕과 줄무늬에게 야옹— 하고 인사를 건넸다.

"혹시 저 고양이가 밀적……"

줄무늬와 고덕은 누가 먼저랄 것도 없이 바닥에 납죽 엎드렸다.

"밀적금강역사시여, 저희의 무례를 용서해 주십시오."

줄무늬가 인사를 하라고 눈치를 주자 고덕의 머릿속이 하얘졌

다. 그리하여 입에서 나온 말이,

"나무아미타불."

줄무늬가 엎드린 채 뒷발로 고덕의 뺨을 후려쳤다.

"이 하찮은 인간의 말은 새겨듣지 마시고, 저는 죽이시더라도 회차를 완성할 때 죽여 주십……"

쿡― 웃음을 참던 새끼 고양이가 순식간에 모습을 바꿔 회색 승복을 입은 동자승이 되었다. 동자승은 합장하며 고덕에게 고개 숙여 인사했다.

"기다리고 있었습니다."

"혹시 밀적금강이신지……"

"저는 큰스님을 모시는 불목하니일 뿐입니다. 이제 1회차인걸요."

그 말에 고덕은 허탈한 표정으로 줄무늬를 노려보았다. 무안해진 줄무늬가 머리를 긁적이며 말했다.

"밀적금강역사가 하도 야차 같다고 소문이 흉흉하니까 그런 거지. 그냥 예행연습했다고 치자고."

"말은 청산유수지."

보고 있던 동자승이 빙그레 웃으며 말했다.

"두 분 모두 저를 따라오시면 됩니다."

줄무늬와 고덕은 동자승을 따라 사찰의 한 건물 안으로 들어갔다. 건물은 법당이 아닌 승려가 기거하는 곳이었는데 올라가는 댓돌에 고무신 한 켤레가 놓여 있었다.

"기다리고 계십니다."

"누가요?"

"들어가시면 됩니다. 모셔 왔습니다."

동자승이 방문을 잡아당기며 안에 있는 누군가에게 그들의 도착을 알렸다. 그러나 방 안에는 아무도 없었다. 고덕이 돌아보자, 동자승이 따라 들어와 방석을 내주며 말했다.

"손님은 여기 앉으세요."

그의 앞으로 조그만 찻상이 내어져 왔다. 고덕에게 찰싹 달라붙은 줄무늬는 밀적금강이 나타날까 봐 여전히 얼어 있었다. 고덕의 찻잔에 찻물을 따른 동자승은 돌돌 말린 채 벽에 걸려 있던 족자를 내렸다. 족자에는 첩첩산중이 있었고 그 높은 봉우리 어디쯤 사찰 하나가 보였다. 그런데 신기한 것은 고덕이 들여다보는 대로 그림이 점점 커져 보인다는 점이었다. 마치 카메라의 줌을 당기듯 그림 속 풍경이 점점 확대되어 보였다.

사찰이 확대되자 그 안에서 차를 마시는 여러 승려들과 큰 스님으로 보이는 한 사람이 보였다. 고덕은 그제야 그곳이 자신이 설표의 눈을 통해 찾아갔던 곳임을 알아차렸다. 줄무늬가 한탄하듯 말했다.

"이런, 내 회차 완성도를 빌려 자네를 이곳까지 데려오게 만든 거였군. 난 들러리였네."

"나를?"

"이 저울 가게 안은 웬만한 고양이의 눈도 미치지 않는 곳이니까 설표라도 들여다볼 수 없지."

"내가 어떻게 해야 하지?"

"일단 차부터 마시지."

고덕은 줄무늬의 권유대로 앞에 놓인 찻잔을 들어 차를 마셨다. 살짝 달고 쌉싸름한 귤피차였다. 그 차 한 모금이 입안으로 넘어가자 귓전 어디선가 누군가의 목소리가 들렸다.

"익숙한 맛인가?"

"……네, 어렸을 때 어머니가 귤껍질을 넣어 끓여 주시던 차네요."

그 말에 줄무늬가 차의 의미를 알아차렸다. 차를 마시지 않은 줄무늬는 고승이 고덕에게 전하는 말을 들을 수 없었다.

"맛이란 건 순식간에 그때의 기억을 되살려 내지."

"그래서 어렸을 때 먹었던 음식들이 클수록 그리운 모양입니다. 어머니는 늘 제 차에 귤 조각 하나를 더 집어넣어 주셨어요. 어려서 아직 차 맛을 모를 때라 그 단맛 하나만 느낄 때였거든요."

고덕은 제 손으로 빈 잔을 채웠다. 그리고 찻주전자를 들어 고승 앞에 놓인 찻잔에 기울이니 신기하게도 그의 찻잔이 채워졌다. 이제는 이런 일이 놀랍지도 않았다.

"좋은 차군. 자네의 그리움이 담긴 맛이야."

"……."

"인간은 타인이 내어 준 차 한 잔에도 마음이 정화되고 몸이 맑아진다네. 몸과 마음을 회복하는 것이야말로 살아가는 동안 가장 필요한 힘이지."

선문답에 아리송한 고덕이 줄무늬를 돌아보자 그가 나지막이 말했다.

"난 못 들어. 지금 듣는 말을 모두 기억하려고 노력해 봐."

고덕은 다시 차로 목을 축였다.

"모든 것을 다 얻는 게 능사가 아니네."

그 '모든 것'이 고양이의 아홉 목숨과 천 년 집사를 의미하는 것이라면 무슨 말일까. 그걸 다 얻어도 뭔가를 이룰 수가 없다면 천 년 집사는 무얼 뜻하는 건지.

"복록이 있다고 한들 그 복록을 다 누리지 말게."

"……복록을 다 누리지 말아라."

고덕이 자신도 모르게 그 말을 따라 하자 듣고 있던 줄무늬가 혼잣말했다.

"《채근담》이군. 인간에게 복을 다 누리지 말라니 어려운 일이 겠네."

"차 한잔 나누지 못하고 긴 세월을 사는 건 저주가 될 걸세. 앉아 차를 마신다는 것은 서로의 시간을 함께한다는 것이고, 마음의 식사를 뜻하지. 어떤가, 허기가 채워졌는가."

"……잘 모르겠습니다."

"평생 마음의 식사를 하지 못하고 살아간다면 축복이겠는가, 저주겠는가?"

고덕은 큰스님이 하려는 말이 언젠가 내놓아야 할 해답이라는 생각이 들었다. 무엇에 대한 해답인지는 모르겠지만 마음에 새겨두어야 할 말임은 분명했다.

고덕이 족자 속 고승과 차를 나누고 있는 사이, 대웅전 왼쪽으로 그림자 몇몇이 빠르게 움직이고 있었다. 이들은 연화대에 봉안되어 있는 '문수보살' 앞으로 나아갔다. 문수보살은 왼손에는 연꽃을 오른손에는 지혜의 칼을 들고 있었는데, 무서운 금강역사와 달리 온화한 분위기를 풍겼다.

"문수보살님, 우리가 올 걸 알고 있으셨군요."

"내가 아니라 이 연꽃이 알았다네. 오늘따라 연꽃이 더 푸른빛을 발해 좋은 손님이 올 것을 알려 주었지."

"오랜만입니다."

"그대의 법문은 더 깊어졌군."

"회차를 완성해야 할 시간이 얼마 남지 않은 거지요."

"이번 생의 과업은 저 아이인가."

"그렇습니다. 그나저나 사찰이 인간의 방문으로 떠들썩하던데 혹시 문수보살께서 부르신 것인가요?"

"내가 아니라 밀적이 보낸 것이겠지."

"밀적금강께옵서요?"

"그렇다네."

할멈은 주저해 왔던 질문을 해야 할 때라는 걸 알았다.

"그렇지 않아도 오늘 여쭐 것이 있어서 왔습니다."

"질문을 가져와 무겁게 온 게로군."

"문수보살께서 이번에 새끼를 밴 어미를 그 동물병원으로 이 끌라 하신 것을 두고 옛일이 기억났습니다. 더 오래전에도 태어 날 새끼 고양이 하나를 잘 거두어 인간과 인연을 맺게 도와 달라 제게 부탁하셨지요."

"참, 이번에 태어난 그 아이는 그토록 원하던 제 집사를 찾았 더군. 참 많은 덕을 쌓은 인간 집사일세."

"네, 그 여자 집사는 수많은 고양이를 구하고 덕을 베풀어 다음 세상 가는 길에 마중 나올 고양이만 수백 마리일 것 같습니다."

"그렇다네."

"오래전 그 새끼 고양이도 덕을 쌓는 인간 집사를 찾아갔습니 다. 그 집사는 참으로 특별한 존재였습니다. 문수께서 그 새끼 고

193

양이가 누구인지 아무 말씀도 않으셨기에 저도 묻지 않았습니다. 그러나 감히 짐작한 이유를 말씀드려도 되겠습니까?"

문수는 온화한 미소로 고개를 끄덕였다.

"그때 제가 거둔 이가 혹시 밀적금강역사이신 게 맞습니까?"

"흠⋯⋯. 드디어 밀적이 제힘을 드러내 보이기 시작했군. 자네가 짐작하는 그대로네."

할멈은 고덕과 밀적금강역사가 만난 것이 오래된 수레바퀴의 맞물림이라는 생각이 들었다. 자신은 짐작할 수조차 없는 아주 오래전부터 만나게 될 인연이지 않았을까.

"그 인간 집사가 새끼 고양이였던 밀적에게서 보은권을 얻었을 줄 누가 알았겠나. 난 그저 새끼 고양이를 자네에게 부탁한 것밖에 없네. 아무것에도 힘쓰지 않았어."

할멈 역시 누룽지가 제일빌딩이던 시절, 그 잉태한 배에서 뿜어져 나오는 범상치 않은 오라를 보고 그 새끼 중 하나가 문수보살이 말한 이라는 걸 알았다. 그가 누구인지 몰랐지만 특별한 존재임을 느낄 수 있었다.

그랬기에 제일빌딩이 그곳에서 몸을 풀고 새끼를 낳고 기를 수 있게 도와주었다. 자신의 묘력으로 그 새끼 고양이의 과거와 힘을 읽으려 했지만, 이상하게도 모든 것이 막혀 아무것도 알 수 없었다. 흐릿하게나마 경전에 나온, 아주 오래된 존재임을 알았을 뿐.

시간이 흘러 그가 고덕에게 입양되고 함께하는 동안에도 정체를 알지 못했다. 하지만 오늘, 할멈은 저울 가게 입구에서 고덕을 가게 안으로 들여보내는 그에게서 오래전 밀적금강역사에게서 보았던 기운을 느꼈다. 마음을 가리던 눈을 감으니 더 많은 것이 보였다.

할멈은 그제야 깨달았다. 고덕의 고양이 분홍이 그토록 애타게 기다리던 밀적금강역사였다. 그리고 자신의 바람대로 오래전부터 밀적금강이 고덕의 곁을 지켜 주고 있었음을.

라의 사자가 온다고 할지라도 그 곁에 밀적이 있다면 그 누구도 고덕을 해칠 수 없을 것이다. 할멈의 입가에 희미한 미소가 떠올랐다.

"그랬군요. 그래서 그렇게나 오래 금강문의 왼쪽 자리가 비어 있는 것이군요. 밀적께서 부처님의 비밀에만 관심이 있으신 줄 알았더니 천 년 집사의 비밀에도 관심이 깊으실 줄이야."

"지금 인간 세계는 혼란 그 자체지 않나. 이집트에서 라의 사자들 중 둘이 이 땅에 천 년 집사를 찾으러 왔다지?"

"그를 죽이러 온 것인가요?"

"살릴지 죽일지는 사자들이 정하는 거겠지."

"그러나 문수보살님 생각은 다르시군요."

"이 땅의 생명은 우리 것이고, 생명을 유린하는 자가 있다면 우리가 맞서 싸울 존재지. 그들의 도움이나 결정은 필요 없잖나."

"저는 어찌하면 좋습니까?"

"자네가 내 부탁을 들어줬으니 이제 자네의 부탁을 들어줘야 겠지."

문수는 이미 할멈이 하려는 말을 짐작하고 있었다.

"이 아이를 부탁합니다."

할멈이 막내의 등을 앞으로 밀어 문수보살에게 보내며 말했다.

"거두어 주십시오."

"……머지않아 피바람이 불어닥치겠지. 검은 살인귀가 곧 자기 능력의 비밀을 깨닫고 이 아이의 목숨을 찾아다닐 걸세. 모자란 반쪽을 완성하기 위해 그자는 필연적으로 이 아이의 목숨이 필요하겠지. 그러나 고양이의 세상에서 이 사찰만큼 안전한 곳은 없다네."

"이 사찰에서도 문수님의 연화대 위만큼 안전한 곳이 없고요."

그 말에 문수는 은은한 미소를 지으며 막내를 불렀다.

"연꽃이 너를 부르는구나."

그 말이 끝남과 동시에 문수보살의 손에 들려 있던 푸른 연꽃이 순식간에 커지며 벌어졌다. 막내가 그 안으로 들어가자 연꽃은 다시 원래의 크기로 돌아와 문수보살의 손안에 들어왔다.

"이 아이가 과거를 기억하길 바라는가?"

196

"할미의 마음으로는 아닙니다. 차라리 지금처럼 모든 것을 잊고 1회차의 순진무구한 묘생을 사는 것이 더 나을 것입니다. 자신과 집사를 찔러 죽인 그 살인귀도 기억하지 않는 것이 나을지도요."

"그러나 저 인간과 그 살인귀는 이 아이를 찾아 헤맬 거고 결국 모든 것을 알게 되겠지. 그래서 자네는 청을 가져온 것이고."

"그렇습니다."

"음."

파란 연꽃의 색깔이 짙어졌다 옅어졌다를 반복했다. 그걸 본 문수보살이 빙그레 웃으며 말했다.

"연꽃이 이 아이의 회차를 되살려 주겠다고 하는군. 그래서 자신의 회차로 살아나도록 자네의 부탁을 들어주겠다는군."

"고맙습니다."

"알다시피 내 의지가 아니네. 살아 있는 것을 품는 이 연꽃의 마음이지. 그나저나 자네는 어찌할 텐가."

"저는 제 자리를 지켜야지요."

그리고 그들의 눈에 대웅전을 지나가는 고덕과 줄무늬의 모습이 보였다.

"이렇게 지척에 찾아 헤매는 소중한 이가 있음을 모른 채 지나가는군요."

"헤매는 것이 인생 아닌가."

그 순간 고덕은 귀가 간지러운 이상야릇한 기분이었다. 누군가 귓바퀴 안에 따뜻한 바람을 불어 넣는 것 같은 간질간질한 느낌이 들었다. 고덕이 귀를 어루만지자 줄무늬가 한마디를 보탰다.

"누가 경찰 집사를 저주하나 보지."

"아니야, 평상시랑 느낌이 좀 달랐어."

아리송한 고덕과 달리 줄무늬의 마음은 점점 무거워지고 있었다. 회차의 완성도를 가늠하는 삼층 석탑은 시계처럼 생긴 원 안에 있었다. 줄무늬가 가라앉은 목소리로 말했다.

"고덕 선생."

"목소리를 왜 그렇게 깔지? 기분 이상하게."

"부탁이 있어."

"무슨 부탁?"

"오늘 내 회차 완성도를 보게 되더라도 그걸 메리나 다른 고양이들에게는 비밀로 해 줘."

이유를 알 것 같았지만 내색할 수는 없었다.

"원래 고양이들 회차는 철저한 비밀이라며."

"자네도 봤잖아. 메리와 나 사이에는 그런 게 없었던 거. 나 대신 그 괴팍한 발판에 올라 험한 꼴을 자초한 게 메리야. 한배에서 나고 자라지는 않았지만 우리는 혈육이나 다름없이 살아왔어. 그러니 메리에게만큼은 비밀이어야 해."

"아직 달아 보지도 않았잖아. 왜 그리 마음 약한 소리부터 해."

"길고양이는 다음 회차로 넘어가기가 하늘의 별 따기만큼 어려워. 그게 우리의 현실이야. 다음 회차로 넘어간 대부분은 인간 손에서 자란 고양이들이었어."

"그걸 알면서도 왜 길고양이 인생을 택한 거야?"

"알잖아. 여러 번 시도했고 실패했던 거. 그래서 분홍은 자네를 만난 것이 행운이었을 거야."

줄무늬는 이미 자기 회차 완성도의 답을 어렴풋이 알고 있었다. 그럼에도 이곳을 찾아온 것은 그 커져 가는 두려움을 담담히 받아들이기 위해서였다.

"만약 회차를 완성하지 못한다고 해도 너희는 다시 1회차로 태어난다며. 영원한 죽음은 아니라고 들었는데."

"그게 영원한 죽음이지."

고덕은 줄무늬의 말에 담긴 깊은 뜻을 이해하지 못했다.

"그때까지 쌓아 온 능력이 없어져서?"

"아니. 그때까지 함께한 존재들과 그 기억들이 모두 없어지니까. 아무것도 기억하지 못하는 외로운 존재가 되니까. 다른 모습으로 태어나니 스쳐 지나가도 서로를 알아보지 못해."

외로운 존재.

그 말에 고덕의 심장이 덜컥 내려앉았다. 모두가 한목소리로 그 외로움을 경고하고 있었다. 고승도 존남도 줄무늬도 천 년 집사가 되었을 때 짊어져야 할 그림자를 이야기했다. 누군가를 기억하지 못한다는 것이 이렇게도 슬픈 일인가. 고덕은 곰곰이 생각했다.

백 년이란 긴 시간을 살아도 죽음을 애통해하는 이유는 다시 만날 수 없을 뿐만 아니라 떠나가는 자의 기억이 소멸되기 때문이었다. 남은 자들이 아무리 그 기억을 붙잡고 산다고 해도, 그 기억조차 시간 속에 묻혀 간다. 그리하여 영원한 죽음으로.

이윽고 줄무늬가 삼층 석탑 앞에 섰다.

저울 가게는 회차를 재는 '너럭바위와 저울'에서 나온 말이고 완성도를 재는 것은 '첨탑의 그림자'였다. 존재가 첨탑에 머리를 대고 제 지난 삶을 고백하면 태양이 그를 돌며 그림자를 가늠한다.

매번 가게 되는 저울 가게가 다르고, 만나게 되는 방법이 다르지만 오직 하나, 두려움만은 똑같았다.

그러나 지난 생과는 또 다른 형태의 두려움이었다. 줄무늬는 앞으로 나아가 석탑에 가만히 머리를 댔다. 기도하는 마음으로 제 존재를 그 석탑에 의지했다.

그러자 하늘의 태양이 석탑의 머리 위로 가까이 다가왔다. 석탑의 그림자가 사라지고 강렬한 빛이 줄무늬를 비추었다. 그리고 줄무늬가 아닌 태양이 그의 주변을 빙빙 돌기 시작했다. 태양은 마침내 줄무늬가 서 있는 쪽의 반대편에 떠올랐다. 석탑의 그림자가 길어지더니 첨탑의 끝이 그를 둘러싼 원 밖의 숫자를 가리켰다.

181.

360도 원의 한 바퀴 딱 절반에서 1도만큼 간 지점에 줄무늬의 완성도가 멈춰 섰다. 줄무늬는 석탑의 그림자가 정확히 가리키는 지점의 '181'을 보고 조용히 고개를 끄덕였다. 그는 이번 생을 받아들였다.

살아온 생애의 절반보다 조금 더 이룩한 완성. 잔인한 생의 결과표였다.

고덕과 줄무늬가 저울 가게를 나왔을 때는 자정 1분 전이었다. 그들이 나온 뒤 덩치는 문을 잠갔다.

기다리고 있던 메리가 줄무늬의 눈치를 살피며 고덕에게 물었다.

"완성도 저울 잘 쟀어?"

"어, 잘했어."

고덕은 고개를 숙인 채 말했다.

"메리, 이 형님이 누구냐!"

"뭐래? 어떻게 나왔어?"

"석탑의 끝이 저 북쪽 위를 가리키더라, 이 말이야."

"이번엔 석탑이었어?"

"그림자가 한 바퀴를 빙그르르 돌아 거의 제자리로 돌아가더라, 이 말이지."

"이야! 그럼, 거의 완성이네."

"조금 남았더라고. 남은 시간 동안 부족한 부분을 메워야 완성이지."

"그렇지 않아도 숲에 중고 캣휠 주워다 놨어. 형님이 앞으로 매일매일 그 캣휠 돌리면 완성도 올리는 데 도움이 될 거야!"

메리를 위해 가면을 쓰고 자신의 비밀을 숨기는 줄무늬를 보면서 고덕은 먹먹해졌다. 그들과 헤어지고 분홍을 안고 돌아오는 길에도 역시 밝은 보름달이 떠 있었다. 밝은 달밤을 걷고 있자니 마음이 울적했다. 분홍은 이미 고덕의 그런 마음을 읽고 있었다.

"청승맞은 건 집사랑 안 맞아."

"그러게. 마음이 싱숭생숭하네."

"집사, 메리가 진실을 모를 거라고 생각하지 마."

"뭘 몰라?"

"줄무늬 완성도가 턱없이 모자란 거, 집사는 아무렇지 않은 척하고 있지만 얼굴에 다 쓰여 있다고."

"이제는 독심술도 하냐. 넌 도대체 정체가 뭐야? 너야말로 나한테 엄청난 회차 숨기고 있는 거 아냐?"

"안다고 달라질 건 없어. 메리랑 줄무늬가 서로를 위해 모르는 척, 아닌 척 열심히 연기를 해 주고 있잖아. 그 마음이면 되지, 진실이 뭔 소용 있어."

"아, 잠깐! 너 아까 내 뺨 때리면서 입구로 나를 밀었지? 그리고 집사인 내가 그 저울 가게를 들어갈 수 있다는 건 어떻게 알았어?"

분홍은 제 원래 성격대로 하고 싶은 말이 아니면 하지 않았다.

그러나 보름달이 휘영청 뜬 밝은 밤이었다.

고덕의 시선이 분홍의 배에 머물렀다. 꼭 아령 모양처럼 웃기게 생긴 검은색 무늬가 오늘따라 도드라지게 보였다. 평상시에는 개뼈다귀처럼 생겼다고 놀리던 무늬였는데 달빛을 받으니 조금 다른 모습으로 보였다.

그것은 마치 손잡이가 달린 작은 창 같기도 하고 비수 같아 보이기도 했다. 그러나 고덕은 그 무늬가 무엇을 뜻하는지 전혀 짐작하지 못했다.

분홍은 고덕의 머릿속에 점점 자신에 대한 의문이 생겨나고 있다는 것을 알았다.

언젠가 자신의 존재를 알게 되겠지만 지금은 아니길 바랐다. 지금은 그저 고양이와 집사의 관계로 이 짧은 생을 살아가길, 그저 하루하루 시시한 일상을 함께하는 사이로 지내길 바랐다.

인간의 백 년에서는 슬픔일지라도 천 년의 세계에서는 이루어져야 마땅한 일들이 있다.

그것은 마치 봄에 새순이 돋고 여름에 꽃을 피웠다가, 가을에 지고 겨울에 나목이 되는 나무의 운명과도 같았다. 풀과 나무는 그 한 계절을 슬퍼하지만, 수십 번의 계절을 겪는 인간은 담담히 받아들이는 이치와도 같았다.

같은 이유로 인간의 백 년은 수천 년을 지켜본 밀적금강에게는 스쳐 가는 한 계절과도 같았다. 그러나 백 년 동안 함께 차를 마신다고 해도 비밀을 지켜야 하는 밀적의 사명 때문에 할 수 없는 말이었다. 지금은 그저 한 마리의 고양이와 한 사람의 집사로 지내길 바랐다. 언젠가 고덕이 묻는다면 해야 할 말은,

'……나는 네게 빚이 있다. 네가 살리려고 애쓰던 다섯 마리 중 하나였던 나는……'

분홍은 고덕에게 할 말을 애써 목 안으로 삼켰다. 그가 영원히 모른다고 해도 상관없으나 자신은 그 마음을 잊지 않았음을. 그것이 밀적이 제 고양이 목숨을 걸고 고덕을 지켜 주고자 하는 이유였다.

VII

10년 전, 첫 만남

밀적은 눈을 뜨자마자 주위를 둘러보았다.

연꽃의 부름이 있어 잠시 연화대로 올라갔는데 그길로 고양이로 태어났다. 연꽃은 검은 폭풍이 오기 전 밀적이 평범한 고양이의 삶 속에서 사명을 이뤄야 한다고만 말했다.

고양이로 태어난 지 열흘, 그는 다섯 마리 형제 가운데 제일 먼저 눈을 떴다.

생각보다 더딘 것이 생의 속도였다. 불계를 호령한 밀적금강이었다 해도 한 마리의 고양이로 태어난 이상 미물의 생을 받아들여야 했다. 아직 나머지 형제들은 눈을 뜨지 못한 채 낑낑거리며 어미의 젖을 찾고 있었다.

그러나 이틀 전부터 어미가 돌아오지 않았다. 먹이를 구하지 못해도 시간이 되면 돌아와 젖을 먹이던 어미였으니 필시 사고가 난 것이 분명했다.

만약 어미가 돌아오지 못한다면 새끼들은 꼼짝없이 이 배수관에 갇혀 굶어 죽을 것이다. 길에서 태어난 새끼 고양이는 생후 30일을 넘기기 어렵다. 대부분 꽃이 피는 봄에 태어나 가을에 고양이별로 돌아간다. 힘든 여름과 혹독한 겨울을 버티기 힘들기 때문이다.

성묘가 되어서도 척박한 삶은 그대로였다. 고양이의 오묘한 눈은 타페텀 세포로 이루어져 있는데 작은 빛에도 예민하게 반응하기 때문에 달려오는 자동차 불빛을 보면 실명 상태가 되어 즉각 반응하지 못한다. 수많은 고양이가 로드킬을 당하는 이유기도 했다.

그러나 밀적은 길거리 생으로 태어난 것이 아쉽지 않았다.

어차피 생을 배분하는 것은 운명의 수레바퀴가 하는 일.

만약 돌봐 주는 집사가 있는 안락한 집안에서 태어났다면 그를 뿌리치고 제 사명을 찾아 길거리로 나오는 것이 더 힘들었을 터였다. 길 위의 삶은 바라던 바이지만 너무 일찍 위기에 노출된 것이 문제였다.

그때 멀리서 다가오는 발소리가 들렸다. 앳된 소년이 배수구 안을 들여다보았다. 소년은 가느다란 팔을 배수구 안에 집어넣어 차례차례 새끼 고양이를 끌어 올렸다. 소년은 다섯 마리 새끼 고양이를 모두 제 품에 넣고 집으로 돌아왔다. 그리고 결과는 늘 예측 가능한 대로 흘러갔다. 부모의 극심한 반대가 있었고, 아이가 학교에 간 사이 엄마는 다섯 마리 고양이를 한 상자에 넣어 유기했다. 인근에 캣맘으로 유명한 아주머니가 살고 있었다. 그 집 앞에 새끼 고양이를 두고 오면서 아들이 지은 이름도 종이에 써 넣었다.

이렇게 제 삶이 흘러가는 동안 밀적은 그 어느 것에도 놀라지 않았다. 인간의 동정심과 이기심은 늘 조금의 선과 조금의 악으로 혼재되어 나타났다.

그러나 바로 그 순간 이상한 기운이 느껴졌다. 집 앞으로 다가오는 기운이 예사롭지 않았다. 이 집의 주인인 캣맘의 기운이라고 하기엔 어리고 푸른 오라였다.

푸른 오라는 좋은 기운과 성정을 가진 인간이 내뿜는 것이었다. 그렇게 다가온 이가 소년 고덕이었다. 그러나 밀적의 예상과 달리 그는 참담한 얼굴로 버려진 다섯 마리 새끼 고양이를 내려다보았다.

집에 넘쳐 나는 고양이에 다섯 마리 고양이가 추가된다면 엄마와 아빠는 이혼할 게 분명했다. 고덕은 상자를 끌어안고 추위를 피해 지하 주차장으로 내려왔다. 일단 아이들의 상태를 살피고 데운 우유를 주고 항문을 닦아 배변을 유도했다. 그렇게나 싫어했건만, 어린 고양이들을 보살피던 엄마의 행동을 보고 배운 것이었다.

울고 보채던 새끼 고양이들은 배가 차자 이내 잠이 들었다. 단 한 마리를 제외하고.

밀적과 고덕의 눈이 마주쳤다.

"넌 뭐야."

"너야말로 묘하군."

"나머지 형제들은 아직 눈도 못 뜨는데 저 혼자만 눈을 뜨고. 배부르면 생각 없이 엎어져 자라고."

밀적은 고덕의 눈에서 이상한 것을 보았다. 자신조차 그 크기를 알 수 없는 수레바퀴가 소년의 눈에 있었다. 그의 삶에 고양이들을 위한 거대한 사명이 있다는 것을 알았다.

"남들 잘 때 자고, 남들 생각 없이 살 때 그냥 해맑게 살아. 그렇게 깨어 있으면 일만 많아. 그리고 우리 엄마는 좋은 집사가 아니야. 너희는 다른 집사를 만나라."

아직 소년이었지만 그는 생각이 많았다. 고덕은 한숨을 폭 쉬며 밀적을 들어 올려 항문 주위를 톡톡 두드렸다.

"얼른 싸고 자. 너까지 마무리해야 동물병원에 데려다주지."

밀적은 새끼 고양이 울음소리를 내며 낑낑거렸다. 그러나 제 눈앞의 일조차 읽을 수 없었다. 밀적은 태어난 지 2주도 안 됐기에 아직 자신의 능력치가 발휘되지 않음을 알았다. 다만 소년의 말대로 네 마리 형제들과 함께 또다시 길거리에 유기되리라는 것만 짐작할 뿐.

새끼 고양이들의 용변을 다 치우고 하나하나 닦아 제자리에 놓아 준 뒤에도 고덕은 자리를 뜨지 못했다. 그는 한참 동안 제 무릎에 고개를 묻고 있었다.

제 안의 선한 마음이 그를 눌러 앉힌 탓이었다. 그럼에도 그는 고양이들을 데리고 집으로 돌아갈 수 없었다. 한참 만에 무겁게 일어난 그는 동네 24시간 진료하는 동물병원으로 향했다. 1층 병원 로비에 불이 켜져 있었고, 벨을 누르면 사람이 나온다는 안내 문구가 붙어 있었다. 고덕은 벨을 누른 뒤 아이들을 문 앞에 내려놓았다. 얇은 티셔츠 한 장 차림의 소년은 추위에 떨면서도 자기 외투를 벗어 덮어 주었다. 고양이들은 소년의 온기가 밴 외투 안으로 몰려들었다.

그는 떠나기 전 다시 한번 더 그들을 돌아보았다. 여전히 잠들지 않고 고개를 내밀고 있는 밀적과 눈이 마주쳤다. 밀적은 그제야 자신에게 다가올 운명이 보였다. 새벽이 되기도 전에 네 마리 형제들과 함께 바로 그 자리에서 얼어 죽게 될 가혹한 운명.

그러나 소년이 밉지 않았다. 마지막까지 자신이 줄 수 있는 모든 것을 주고 떠난 소년은 미안함에 계속 뒤를 돌아보았다. 그것이 지금의 소년에게 최선임을 알기에 그의 마지막 모습을 바라보며 말했다.

"아무래도 너와 나는 다시 만날 운명일 것 같다."

그때 잠에서 깬 둘째 형제가 추위에 덜덜 떨면서 말했다.

"여긴 어디야? 왜 이렇게 추워?"

밀적은 고개를 들어 밝게 불이 켜진 병원 건물을 올려다보았다. 아무런 기척이 없는 것으로 보아 벨 소리를 듣고 나올 사람은 없어 보였다.

"엄마는 어딨어?"

"안 와."

"그럼 우리 여기서 죽는 거야?"

"다들 다시 한숨 자."

"너무 추워."

"옷 속으로 들어가. 그래도 새벽이 되면 모든 게 괜찮아질 거다."

그 새벽은 그해 들어 가장 추운 날이었다. 밤사이 윙윙거리는 바람 소리에 잠을 설친 고덕은 걱정이 되어 아침이 밝자마자 병원을 다시 찾아왔다. 그러나 어찌 된 일인지 병원 앞에 둔 상자가 그대로였다. 허겁지겁 달려가 상자 안을 확인했다. 다섯 마리 새끼 고양이가 모두 얼어 죽은 채였다. 마지막까지 깨어 그와 눈을 맞추던 녀석은 나머지 형제들을 제 몸으로 덮어 온기를 나눠 준 채 굳어 있었다.

고덕은 그 자리에 털썩 주저앉았다. 딱딱하게 굳어 버린 새끼 고양이를 끌어안고 헤아릴 수 없는 죄책감 속에서 흐느꼈다. 터져 나오는 울음을 참을 수 없어 바닥에 머리를 박으며 괴로워했다.

그 순간, 그의 눈에는 보이지 않는 다섯 마리 고양이의 영혼이 소년의 곁을 에워쌌다. 그 가운데 밀적이 형제들에게 물었다.

"너희에게 이 소년은 복수의 대상이냐, 보은의 대상이냐."

"복수하기에는 의도적이진 않은 잘못이고 보은이라기엔 그 힘에 미치지 못합니다."

밀적이 보통 고양이가 아님을 눈치챈 둘째가 조심스레 답했다.

"그렇다면 회차가 완성되지 않은 채 죽은 너희를 끌려가지 않게 한 나에게는?"

그들 곁에 무서운 죽음의 사자들이 기다리고 있었다. 그러나 밀적의 기운을 느끼고 있던 터라 함부로 다가오지 못하고 있었다. 밀적은 새끼 고양이에서 원래의 자신으로 모습을 바꾸었다. 놀란 고양이들이 앞다투어 말했다.

"당연히 보은해야 합니다."

"그렇다. 나는 너희에게 그 빚을 받을 것이다. 그러나 내가 받을 너희의 보은은 저 소년이 대신 받게 될 것이다. 다시 태어나면 저 소년에게 이 생명의 크기만큼을 갚아 줘라."

"네, 알겠습니다."

"또한 너희는 이번에 놓친 삶을 다시 한번 살아라. 또다시 길거리에서 태어날 것이고 또다시 굶주린 삶이 반복될 것이다. 이번에는 어찌하겠느냐?"

밀적의 말에 생을 각성한 둘째가 말했다.

"항상 눈을 뜨고 세상을 볼 것이고, 눈앞의 안락함에 젖어 있지 않을 겁니다. 언제나 깨어 있을 겁니다!"

"그런데 우리는 아무것도 할 수 없는 힘없는 새끼인걸요."

가여운 생을 끝내고 또다시 길거리의 생으로 돌아가야 한다는 말에 셋째의 볼멘소리가 터져 나왔다.

"모든 것을 갖춘 삶이란 존재하지 않아. 힘이 있든, 힘이 없든 의지가 있다면 바꿀 수 있다. 삶이 달라지기를 바라기 전에 너희가 달라져야 한다."

그의 말이 끝나자 고양이 사자 중 하나가 다가와 밀적에게 꾸벅 인사를 하며 말했다.

"훔금강역사시여, 이제 저들을 인도해야 합니다."

"조건이 있네. 그들에게 다시 저 회차를 살 기회를 주게."

"그건……."

"안 된다면 내가 직접 데리고 그곳으로 가지. 그렇다면 자네들의 임무 하나가 사라지게 될 걸세."

"아, 아닙니다. 저희가 하겠습니다. 그럼 윗전에 훔금강역사께옵서 어찌하신다는 말씀을 전할지……."

"나도 이 세계에 좀 더 머문다, 전하시게."

고양이 사자가 어린 고양이들을 데리고 떠나자 밀적도 다시 자신의 세계로 돌아왔다. 다만 회차 저울이 있던 너럭바위가 아닌 문수보살의 연화대 앞이었다.

"어서 오게, 밀적."

"굳이 말하지 않아도 보았겠지."

"이런, 인간의 마음을 느끼고 흔들렸군. 어찌할 텐가."

"나라연은 나 없이도 거뜬할 테니 나는 내가 더 필요한 곳에 다녀올 생각이야."

"내 도움이 필요하군."

"두 가지 청이 있네. 두고 간 금강저를 들고 갈 생각이야. 힘이 없으니 동장군 하나 이기지 못하더군. 생각과 달리 답답하네."

"힘이 발휘되기 전까지 어린 고양이로만 지내기엔 어려움이 많겠지."

"나는커녕 누구도 지켜 줄 수 없는 무력한 존재였다네. 그들의 하루는 긴데 생은 어찌 그리 짧은 건지."

그 말에 문수가 빙긋 웃음을 지으며 말했다.

"어찌해 드릴까."

밀적은 너럭바위의 금강저를 소환했다. 제 주인의 부름에 금강저가 불목하니 고양이의 등에 업혀 오다가 밀적 앞으로 날아왔다. 금강저는 공중에 붕 떠 있다가 문수보살의 연화대에 놓였다.

"금강저를 들고 갈 수 있게 바꿔 주게."

"음, 평범한 고양이가 금강저를 들고 있으면 참으로 괴이하겠지. 그럼 배에 새겨 넣어 가지고 가는 것이 어떠한가."

그 말이 끝나기 무섭게 금강저가 밀적의 배에 조그만 문신처럼 새겨졌다. 언뜻 보면 무늬 같지만 또 자세히 보면 세세한 법구경이 새겨져 있음을 알 수 있었다.

"자, 또 다른 청 하나는 무엇인가?"

"눈 속에 커다란 수레바퀴를 품고 있는 소년을 만났네."

"오, 천 년 집사의 도량을 만난 게로군."

"그렇군, 그것이 천 년 집사의 표시였군. 그래서 연꽃이 나를 그 소년에게 보낸 것인가."

"몇몇 이가 그 수레바퀴를 가지고 태어났으나 지난 천 년 동안 단 한 명도 천 년 집사가 되어 생명의 윤회를 이끌지는 못했어. 그 아이를 만난 건 인연이라고 해도, 그 삶을 천 년 집사로 이끌어 줄 수는 없다네."

"나를 다시 새끼 고양이로 태어나게 해 주게. 이번에도 길거리 어느 후미진 곳에서. 다만 끝까지 고양이 목숨을 지키던 그 소년과 인연이 닿도록."

"밀적, 자네 고양이 세계의 법칙을 모르는군. 그들은 오직 생의 가운데서만 인연을 만든다네. 자네의 인연은 자네 스스로 만들어야 해."

"몇 번을 다시 죽고 태어나는 삶으로 인연을 만들라 이 말이군."

"자네에겐 중요치 않겠으나 고양이의 회차를 완성하는 것도 나름 의미 있지 않은가. 무언가를 지키기만 하던 적적한 삶에서, 무언가를 얻으려 애쓰는 신명 나는 삶일 테니."

그리고 얼마 지나지 않아 밀적과 형제들은 각각 다른 곳에서 태어났다. 형제 네 마리 중 두 마리는 같은 어미에게서 태어났는데, 얄궂은 운명은 또 그들을 배수관에서 나게 했다. 눈을 떴으나 아직 힘이 약해 어미의 도움 없이는 그 배수관을 벗어날 수 없었다.

"우리는 또 배수관이네. 오자마자 가는 건가."

"정신 차려! 홍금강 여사님이 뭐라고 하셨어. 늘 깨어 있으라고 했잖아."

"홍금강 여사가 뭐야?"

"넌 죽음의 사자들이 그분 이름을 부르는 걸 못 들었어?"

"근데 다섯째는 수컷이었는데."

"여사라고, 여사! 홍금강 여사!"

"아, 알았어!"

"주어진 환경을 탓하지 말고 극복하려고 노력해 보자고. 자, 목소리 가다듬고 울어 제껴 보자."

그들은 돌아오지 않은 어미와 돌봐 주지 않는 세상을 향해 몇 날 며칠을 울어 댔다. 힘이 빠지고 죽음이 목전에 다가왔을 무렵, 누군가 그 긴 배수관을 기어 왔다. 머리는 산발에, 구정물에 절어 악취를 풍기는 이상한 여자였다. 그들을 발견하자 눈에서 이상한 광채가 뿜어져 나왔다.

"히히히, 찾았다!"

"어, 어, 이 여자 정신이 온전치 않은 여자 같은데."

"야, 뒤로 가 봐. 일단 숨어."

그러나 좁은 배수관 안에서 전광석화처럼 몸을 날린 여자가 두 마리 새끼 고양이를 두 손에 움켜쥐었다.

"이놈들 어딜!"

"아씨, 그냥 굶어 죽을걸! 미친 여자한테 걸렸어."

새끼 고양이들을 끌어안고 그 긴 배수관을 기어 나오는 동안 여자는 콧노래를 불렀다. 셋째는 찢어지게 울어 댔지만 둘째는 살 기회를 노리고 있었다. 그러나 여자는 새끼들이 도망가지 못하게 잡은 손에 힘을 주었다.

여자는 밖으로 나오자마자 밝은 태양빛 아래 새끼들을 들어 이리저리 몸을 확인했다. 뭐가 그리 만족스러운지 흐뭇한 미소를 지으며 배수구 밖에 두었던 가방을 열었다.

"저 가방에서 장도리가 나오려나. 너클을 끼고 새끼들을 으깨 죽이는 살인마도 있다던데."

그 말을 하는 셋째는 기절 직전이었다.

하지만 여자는 가방에서 수건을 꺼내 아이들을 하나씩 닦으며 다시 한번 몸 상태를 일일이 확인했다. 그리고 다시 제 품에 안으며 말했다.

"너희들 소리 높여 우느라 반항할 힘도 없구나. 그래도 열심히 운 덕에 나를 만나고 얼마나 다행이야!"

"그냥 죽을걸! 살겠다고 발버둥 쳤는데 이런 이상한 여자나 만나고."

셋째가 흐느끼자, 보고 있던 여자가 시커멓게 변한 얼굴 가운데 환한 이를 드러내며 말했다.

"울음소리 들어 보니 아직 기운이 남아 있네. 자식들! 살겠다고 발버둥 쳐서 고맙다!"

셋째는 울음을 그치고 여자를 빤히 올려다보았다.

더럽고 흉측한 첫인상과 달리 그리 나쁜 사람 같아 보이지는 않았다. 자신도 모르게 여자의 새끼손가락을 문 채 잠이 들었다. 셋째는 온기에 취해 뻗었지만 둘째는 눈에 힘을 주고 여자를 올려다보았다.

"이놈 보소? 너는 왜 안 자?"

"나는 그런 사탕발림에 호락호락 넘어가지 않아!"

"오호, 넌 좀 당돌한 녀석이네. 다른 형제는 실신했는데 끝까지 경계심을 안 풀고 잠도 안 자고."

"홍금강 여사님이 늘 깨어 있으라 하셨다."

"근데 너 왠지 새벽잠 안 자고 정수기 물 빼 먹고 인덕션 불 켜서 사고 칠 것 같은 느낌이 오는데."

둘째는 잇새로 하악질을 뱉었다.

"하이고, 욕도 잘하네. 아무튼 우리 집은 정수기 대여도 취소하고, 인덕션도 다시 직화 가스레인지로 돌렸어. 말썽꾸러기들 덕분에 다시 90년대식으로 살지만 대신 너희들과 함께하는 멋진 삶이지."

"무슨 소리야! 난 내가 주인인 삶을 살 거야!"

"아, 너도 네 생각이 있다 이거지? 날 집사로 받아 줄지 안 받아 줄지."

그 말을 하고 여자는 좀 묘한 기분이 들었다. 왠지 이 고양이들을 만난 게 운명인지도 모른다는 기이한 기분이었다.

"만나자마자 좀 이상하긴 한데 너를 보니 굉장히 강하고 반짝거리는 뭔가가 떠올라. 금처럼 반짝이고 강한……. 금처럼 강한, 금강, 네 이름으로 '금강' 어때?"

그 말을 듣자마자 둘째가 연주의 품 안에서 솟구쳐 올랐다. 그 바람에 잠들었던 셋째가 푸드득 잠에서 깨어났다.

감히 홍금강 여사의 존함을 따르다니. 새 이름이 금강이라는 것은 하극상이요, 있을 수 없는 일이다.

"요망한 것! 감히 나더러 누구의 이름을 따라 하라 하느냐!"

"어머, 너 이 이름이 마음에 드는구나! 좋아, 오늘부터 너는 '길금강'이다!"

지금 둘째의 입에서 형언할 수 없는 쌍욕이 흘러나온다는 것을 아는지 모르는지 길연주는 발버둥을 치는 둘째의 목덜미를 꾹 눌러 앉혔다.

"길금강, 집사한테 쌍욕 하면 냥 펀치 맞는다!"

"형, 그래도 착한 인간인 것 같은데."

"이 여자에게 정 주지 마. 이 사람은 우리가 가는 목적지의 경유지일 뿐이야. 그 소년에게 가기 전, 배에 기름을 채우는 주유소일 뿐이란 말이야! 우리는 결국 그 소년을 만나러 가야 한다고. 이번 생은 그 사람에게 보은해야 할 삶이야."

그렇게 둘째와 셋째는 길연주가 주워 직접 거둔 고양이로 묘생을 살게 되었다. 다른 형제들이 몇 번의 회차를 거치는 동안, 둘째와 셋째는 한 집사 밑에서 장수하는 상위 1퍼센트 노묘가 되었다. 아프면 재깍재깍 약을 먹고 조금이라도 힘이 없으면 영양 주사를 맞게 하는 통에 죽고 싶어도 쉬 죽지 못하는 늙은 고양이가 된 이유가 여기 있었다.

고덕을 찾아 보은은커녕, 병원 진료를 제외하곤 집 밖으로 한 발도 나갈 수 없는 거의 특급 리조트 감옥과도 같은 묘생을 살게 되었다. 그들은 집사 중의 상집사 길연주를 만나 본의 아니게 은혜를 갚지 못하는 집고양이가 된 것이다.

그러나 그 10년 동안 첫째와 넷째는 몇 번의 거친 길고양이 인생을 반복했고, 넷째는 '째째'라는 이름으로 정 여사의 손에 거둬지게 되었다. 째째는 어린 고덕이 자기 죽음을 슬퍼했던 소년이었음을 한눈에 알아봤다. 그리하여 둘의 운명이 다시 엮이며,

"또 만났네."

그리 인사를 건넸지만 고덕은 째째를 알아보지 못했다. 그래도 돌고 돌아 다시 소년의 집으로 오게 된 것이 마냥 기뻤다. 그러나 기쁨도 잠시, 째째는 운명의 장난처럼 결국 길 위에서 살인마의 손에 무참히 죽음을 맞이했다.

자신을 꼭 다시 찾아오라고 보은의 생명 하나를 나눠 준 째째는 고양이 세계와 천 년 집사의 숨은 계율을 알지 못했다. 생명 하나를 주면 모든 것을 잃고 1회차의 어린 고양이로 돌아간다는 것을 몰랐다.

고덕과 엄마를 죽인 살인마를 기억하겠다는 다짐과 달리, 다

시 태어난 째째는 모든 것을 잊었다. 그러나 다음 생의 그를 기다
리고 있었던 이는 다름 아닌 할멈이었다.

어느 허름한 시장통 골목 후미진 곳이었다. 사과 상자 안에서
눈을 뜨니, 그를 내려다보고 있는 할멈이 있었다. 어미는 며칠 젖
을 물린 뒤, 상자로 돌아오지 않았다.

째째는 어미에게 버려진 길고양이로 태어났지만 할멈이 있어
기뻤다. 할멈은 째째였던 어린 고양이에게 '막내'라는 이름을 지
어 주었다.

할멈은 모든 것을 알고 있음에도 내색하지 않았다. 세상에는
수많은 숙업이 있고 제각각의 운명이 존재했다.

또한 뒤틀린 운명도 존재했다.

막내를 두고 잠시 저울 가게에 다녀오는 사이 운명의 두 존재
가 서로 조우했다. 할멈을 찾으려 시장을 나와 길거리를 헤매던
막내는 다시 그 살인마와 맞닥뜨렸다. 모든 것을 다 잊었음에도
막내의 본능은 그 두려움을 몸으로 기억해 냈다.

자신을 보자 얼어붙은 듯 꼬리를 감추고 움직이지 못하는 어
린 고양이를 보고 남자는 묘한 기분이 들었다. 그는 자석에 이끌
리듯 떨고 있는 어린 고양이에게 다가갔다. 그리고,

"우리 이전에 만난 적이 있던가."

남자는 막내의 목덜미를 쓰다듬고 있는 듯했지만, 사실상 도망

가지 못하게 목을 짓누르고 있는 모양새였다. 그런데 막내의 몸을 만지는 순간, 그 안의 목소리가 다급하게 소리쳤다.

'이거야, 이거! 빨리 빼앗아! 빨리!'

남자는 자기 머릿속에 떠오른 이 정체불명의 목소리에 당황스러웠다.

'죽여, 어서!'

그 목소리에 혼란스러워하던 바로 그때, 어디선가 노란 고양이 하나가 나타나 그의 손을 할퀴었다. 다친 손을 누르며 바라보니 늙은 고양이가 온몸으로 어린 고양이를 막아서고 있었다.

그는 자신을 죽일 듯이 노려보고 있는 노묘의 눈과 마주했다. 그의 머릿속에 또 다른 누군가의 목소리가 들려왔다.

'탐스럽다! 우아, 저 영롱한 눈을 봐! 저 안에 엄청난 힘이 깃들어 있어!'

그는 무언가에 홀린 듯 노묘의 목을 움켜쥐고 눈을 들여다보았다. 과연 보통의 고양이에게서 볼 수 없는 엄청난 무언가가 눈 안에 보였다. 광활한 우주 같기도 하고 깊은 바다의 심연 같기도 한 강렬한 무엇이었다.

그러나 제 안의 여러 목소리가 충돌했다.

'저 조그만 고양이의 목숨을 빼앗으라고! 저놈이야, 저놈!'

'아니야! 이 늙은 고양이의 목숨을 빼앗아! 이 고양이는 수천

마리의 고양이보다 강력한 힘을 가졌어!'

도무지 출처를 알 수 없는 수많은 목소리가 그의 귓전에서 소리를 질렀다. 목소리 때문에 머리가 터질 것 같았다.

"그만!"

남자가 미친 사람처럼 누군가에게 소리치는 동안, 노묘가 조용히 막내를 불렀다.

"막내야, 어서 배수구로 기어들어 가라!"

"할멈, 나 무서워."

"망설이면 안 돼! 어서 지금 들어가!"

"그럼 할멈은?"

"내 걱정하지 말고 어서!"

막내는 그 자리에서 오줌을 지린 채 옴짝달싹 못 하고 있었다. 이제 겨우 두 달을 넘긴 연약한 새끼 고양이가 감당하기에 너무나 큰 공포였다. 그러나 힘을 쥐어짜 조금씩, 조금씩 발걸음을 옮겼다.

"저놈 도망가잖아! 저놈이 먼저라고!"

남자의 입에서 그 목소리가 새어 나오자 할멈은 그가 더 이상 막내를 보지 못하게 눈을 할퀴었다. 날카로운 비명 속에 둔탁한 파열음이 들렸다. 막내는 젖 먹던 힘을 쥐어짜 배수구 안으로 도망쳤다. 곧이어 배수구 안으로 남자의 팔이 들어와 주변을 휘저었다.

그 사이 막내는 끝없이 이어진 검은 통로를 기어갔다.

찰박하게 물이 차 있어 몸의 반이 잠겼지만 막내는 떨리는 몸을 가누며 나아갔다. 아무것도 없는 어둠 속에서 그는 자신을 다독였다.

"무섭지 않아, 괜찮아, 할 수 있어."

힘이 다할 때까지 배수관을 기어간 막내의 눈에 희미한 빛이 다가왔다. 배수관의 끝, 시장통으로 이어진 출구였다. 그 빛으로 기어 나온 후에야 막내는 의식을 놓았다.

며칠이 지나도 할멈은 돌아오지 않았다. 막내는 기력을 회복한 후 남몰래 그놈을 만났던 장소로 갔지만 아무 흔적도 찾을 수 없었다. 할멈이 자신 대신 죽었을 거라는 죄책감에 괴로워하며 시장통 구석에서 하루하루를 연명했다.

그러나 할멈은 인간 할멈에게 구조되어 다친 몸을 치료 중이었다. 그놈한테 눈을 빼앗기고 더 이상 세상의 빛을 볼 수 없었으나, 온 세상이 내뿜는 각양각색의 기운과 오라가 또 다른 눈이 되어 주었다. 할멈은 어둠 속으로 따뜻한 노란빛이 다가오는 것을 느꼈다.

"이제 정신이 드나?"

"날 구해 준 게 자네구만."

"그래, 내가 늦는 바람에 자네를 이리 만들었군."

"아니지, 당신이 온 덕분에 목숨을 부지하지 않았나."

"고양이들이 말해 주지 않았다면 큰일 날 뻔했어. 어쩌자고 그 놈에게 덤벼든 게야."

"꼭 지켜야 할 생명이 있어서 그랬네. 그놈 손에 들어가서는 안 되는. 그나저나 5번 방은 피아노 실력이 엉망이군그래."

"지난번보다는 나아졌다네."

"지금 보니 실력에 여백이 있어 자네 밥벌이에 도움이 되는구먼."

늙고 현명한 둘은 가벼운 농담을 하며 이 무거운 분위기를 헤쳐 나갔다.

"할멈, 자네는 여기서 피아노 연주만 듣고 평온한 삶을 살아도 쉬이 회차를 완성하고 아홉 번째 생으로 넘어갈 텐데, 왜 그리 힘든 길을 택하고 밖으로 나간 게야?"

"글쎄……."

"인간의 잣대로만 생각한 너무 아둔한 질문이었나."

"그 수많은 생애 중 한 번은 천 년 집사라는 걸 내 눈으로 보고 싶은 게지. 진짜 구원을 가지고 올지, 정말 인간의 죄과를 청산할지, 믿지 않으면서도 믿고 싶은 마음이라면 이해해 주려나."

"고작 백 년도 못 사는 인간인 내가 어찌 여덟 번의 생을 산 자네의 마음을 이해하겠나."

"내 생을 다 합쳐도 자네의 나이에 미치지 못하거늘 어찌 그리 과찬인가."

"생은 밥을 먹고 살아온 시간이 아니라 마디마디 득도의 값이 아닌가. 그냥 늙는다고 현명해지지는 않지. 수행하지 않으면 늙은 바보가 된다네."

할멈은 너무나 지쳐 스르륵 눈이 감겼다. 그러나 선잠 속에서도 울고 있는 막내의 목소리가 들렸다.

며칠 뒤, 피아노 수업을 마치고 방에서 나온 인간 할멈은 고양이 할멈이 있던 자리가 빈 것을 보았다. 그녀는 또다시 저 험하디험한 세상의 길로 나선 것이었다. 무엇이 그녀를 그리 길로 내모는 것인지 알 수 없었으나, 한 가지는 분명했다.

작은 생명에도 최선을 다하는 그녀와 그녀의 생은 이미 모든 저울에 차고 넘칠 것이란 걸.

몸을 옹송그린 채 자고 있던 막내는 자기 몸에 따뜻한 무언가가 와닿는 감촉을 느꼈다. 그것은 익숙하고도 낯선, 두 가지 냄새를 동시에 품고 있었다. 눈을 뜨니 할멈이 보였다.

"할멈!"

막내는 벌떡 일어나 할멈을 앞발로 툭 치고 냄새를 맡았다. 보고도 믿기지 않는 광경이었다.

"할멈, 지금까지 어디 있었어? 왜 바로 오지 않았어?"

"나이가 들었잖니. 몸을 추스르느라 힘들었지. 그래, 넌 좀 어떠니?"

막내는 그제야 할멈의 두 눈이 있던 자리가 진물로 뒤덮인 채 엉망인 것을 발견했다. 낯선 냄새는 할멈의 상처가 곪아 나는 것이었다.

"눈이……."

"괜찮아, 다른 것으로 보고 느낄 수 있으니 이만하면 됐다."

"그놈이 그런 거지?"

할멈은 대답 대신 침묵했다.

막내를 만난 놈은 이유를 모르면서도 막내의 존재를 느끼고 광기를 발산했다. 그는 분명히 다시 막내를 찾고 싶어 할 것이다. 한 번 만져 본 힘의 크기, 그것은 권력을 향한 끝없는 갈증과도 같은 이유에서였다. 막내의 생명을 통해 완전한 1단계를 완성하고자 하는 몸의 본능이었다.

그렇기에 놈을 피해 몸을 숨기는 것이 상책이다.

물론 가장 안전한 곳은 저울 가게를 통해 사찰로 가는 것이지만 아직은 회차가 완성되기 전이라 시기상조였다. 막내에게 주어진 생의 완성은 자신이 태어난 터전, 이곳 시장을 통해서만 가능하기 때문이었다.

막내가 이 시장통에서 1회차 인생을 보낸 후에야 사찰 안으로 갈 수 있었다. 한 가지 다행인 것은 이 시장의 활기와 열기는 놈이 극도로 꺼리는 따뜻한 기운의 집합체라는 것이었다. 놈은 태생적으로 밝은 곳을 싫어해 이곳을 피할 테니 막내와 몸을 숨기기 적합한 곳이었다.

할멈과 막내는 시장에 몸을 숨긴 채 때를 기다려야 했지만, 나머지 두 천 년 집사 도량들은 어쩌할지.

무엇보다 걱정이 되는 것은 얼마 전 째째에게 한 생명을 얻은 고덕의 각성이었다. 아직 자신이 얻은 것이 무엇인지 알지도 못하고 배움도 더딘 인간이라 그를 천 년 집사로 이끌어 줄 선생과 지켜 줄 호위무사가 필요했다.

그나저나 이 절체절명의 순간, 그렇게 밀적금강역사가 사라진 것이 아쉬웠다.

그 양반이라도 고양이의 화신으로 곁을 지켜 준다면 누구보다 든든할 텐데.

그런 생각에 잠겨 있을 때 누군가가 할멈을 찾아왔다. 생긴 것은 1회차의 고양이였으나 향내를 풍기는 것으로 보아 사찰에서 나온 것이 분명했다.

"안녕하십니까, 어르신."

"어느 윗전이 나를 부르시나."

"문수보살님께서 찾으십니다."

"문수께서 어쩐 일로."

"저는 잘 알지 못합니다. 그저 길이 험하니 잘 모셔 오라 당부 받았습니다."

그는 지금 이 시점에서 갑자기 자신을 부르는 이유를 알지 못했으나 천 년 집사의 일과 관련이 있을 거라 미루어 짐작했다. 제 앞에 선 이의 앞날을 예측해도 문수보살이 바라보는 삼라만상의 일만큼은 예측하지 못하는 탓이었다.

"막내야, 다른 곳에 가지 말고 내가 돌아올 때까지 꼼짝 말고 예서 기다려야 한다!"

"할멈, 꼭 올 거지?"

"주인장이 주는 고기 잘 먹고 한숨 푹 자고 있으면 올 거야."

심부름을 온 불목하니가 할멈의 이마에 머리를 맞대니 눈앞의 시야가 밝아졌다. 먼 길을 올 할멈을 배려해 문수가 눈이 될 등 하나를 내어 준 것이었다.

그 등을 눈앞에 달고 나니 보이지 않던 세계가 이전보다 더 환한 빛으로 다가왔다. 할멈은 느릿한 걸음으로 불목하니의 뒤를 따라갔다. 산길로 들어가니 산 초입에 설치된 운동 기구들이 보였다. 철봉을 통과하자 그것은 곧 절의 일주문이 되었다. 금강문을 지날 때 할멈의 눈은 잠시 비어 있는 왼쪽 너럭바위에 머물렸다.

할멈은 문수보살을 보자 머리 숙여 합장했다. 문수는 할멈에게 인간 세상의 일 하나를 청했다.

"그리고 그 등은 내가 자네에게 주는 보답이야."

"문수보살이시여, 외람되지만 이 보답을 복주머니에 따로 간직했다가 나중에 청해도 되겠습니까?"

"자네, 큰 부탁을 하려는 게로군."

"그저 사사로운 일입니다."

"그렇게 하게. 그래도 그 등은 자네가 가지게나. 자네의 빛나던 두 눈에 비할 바는 아니나 유용하게 쓰일 게야."

"감사합니다."

문수보살의 청을 듣고 집으로 돌아온 뒤, 할멈은 등을 끄고 가만히 자신 안에 담아 두었다. 그걸 보고 막내가 할멈에게 물었다.

"그리 좋은 등을 받았는데 왜 안 쓰는 거예요?"

"세상은 이미 나를 눈먼 고양이라 부르니 그 이름에 걸맞게 살려고. 그리고 눈을 감고 심안으로 주위를 보니 살아 있는 것들의 형상이 더 또렷하게 보이는구나."

"그냥 선물 받은 등을 쓰지, 왜 안 쓴다는 건지 도통 모르겠어요."

할멈은 빙그레 웃고 더 답을 하지 않았다.

이 모든 운명의 수레바퀴가 돌고 있을 때 이름조차 없이 떠도는 길고양이에게도 그 운명 하나가 다가왔다.

제일빌딩이 되기 이전, 그는 네 마리의 새끼를 길에서 낳았다. 해를 걸쳐 임신했지만, 모든 아이가 길거리에서 죽었다.

또다시 임신했을 때 그런 그녀를 거둬 준 것이 어느 노묘였다. 노묘는 제일빌딩의 안전한 지하 주차장으로 그녀를 안내해 새끼를 낳을 수 있도록 도와주었다. 그녀는 그곳에서 비로소 '제일빌딩'이라는 첫 이름을 얻었다.

지하 주차장에서 눈도 뜨지 못한 새끼들에게 열심히 젖을 물리고 핥아 키우며 그녀는 어미로서 행복했다. 아이들이 눈을 떠 처음으로 자신을 바라볼 때 묘한 떨림이 있었다.

잠깐 사냥을 나갔다가 돌아오면 투명하고 맑은 눈동자를 지닌 아이들이 한눈에 자신을 알아보고 상자 밖으로 고개를 내밀었다. 엄마를 부르는 애처로운 목소리조차 좋았다.

그런데 개중 한 녀석이 묘했다.

다른 아이들처럼 달려들어 보채지도 않고 젖을 먹겠다고 형제들을 밟고 올라가지도 않았다. 그 아이는 웅덩이에 비친 제 얼굴을 보고 실망스러운 눈빛으로 말했다.

"지난번이랑 하나도 안 닮았네. 날 몰라보겠네."

어미인 제일빌딩은 아이의 회차가 오래되었다고만 짐작했지 다른 속사정은 알 길이 없었다. 게다가 아이는 배에 이상한 문양을 가지고 있었다. 회차가 높지 않은 제일빌딩일지라도 그 아이가 특별한 능력을 갖추고 있다는 것을 알아차렸다. 저 문양이 의미하는 바가 무엇인지 몰라도 어미인 자신이 그를 지켜야 한다는 것은 확실히 알았다.

VIII

고양이 결사단
(아비시니아 대 밀적금강역사)

온다, 오고 있다, 거의 다 왔다.

이런 소문만 무성한 라의 전사들로 인해 고양이들은 신경증에 걸릴 판이었다. 급기야 '국제적 길치가 아니냐', '우리가 모시러 가야 하는 거 아니냐'는 등 별 시답잖은 농담도 흘러나왔다. 이집트에서 온 두 마리의 고양이가 직감만으로 고덕을 찾아오기엔 대한민국이란 나라가 너무나 복잡한 탓인가. 많은 버스 노선과 꼬인 골목, 복잡한 도로명 주소까지. '그들이 뚫고 와야 할 관문이 너무나도 현실적이어서일까'라고 아파트촌 고양이들은 생각했다.

그러나 그런 농담들 아래에는 감추고 있는 커다란 불안감이 존재하고 있었다. 소문에는 아비시니아 고양이들이 고덕과 테오, 그 살인마 셋 중 하나가 천 년 집사가 되리라는 신탁을 들었다고 했다. 그러나 예언은 셋 중 누가 되더라도 천 년 집사가 악에 물들 것이라고 했다.

그렇다면 가장 안전하고 확실한 방법은 셋 모두를 죽이는 것.

이것이 지난 천 년 간, 천 년 집사가 나오지 못했던 숨은 이유였다. 라의 전사들이 천 년 집사의 싹이 될 사람들을 수레바퀴가 움직인 그 순간에 죽여 버렸기 때문에.

그리하여 '처단자'라고 불리는 자들, 라의 전사들이 고덕과 테오를 쫓고 있었다.

테오가 남긴 흔적을 쫓아 경기도의 큰 동물원까지 찾아왔었다는 소식을 접한 순간, 고양이들은 그들이 테오를 쫓고 있다는 사실을 깨달았다. 또한 그들이 테오의 곁에 있는 고덕을 찾아내는 것은 시간문제라는 것도.

소문은 삽시간에 퍼져 나가 반경 20킬로미터 안의 고양이들을 긴장하게 했다. 가장 먼저 봉기한 것은 존남이었다. 존남은 재활용 쓰레기 분리수거통 위에 올라, 모여든 고양이들을 향해 외쳤다.

"우리도 맞서 싸우자!"

"엄청난 힘을 가진 전사라며? 우리 같은 보통 고양이가 전설 속 고양이를 어떻게 대적해?"

"그러니까 힘을 합쳐야 한다고. 제아무리 고대 원력이니 어쩌니 해도 그들은 달랑 둘이라잖아. 우리는 수십, 수백 마리이고. 누가 더 강한지는 싸워 봐야 아는 거야. 아무것도 안 하고 '나 잡아 잡수시오' 하고 넘겨줄 수는 없잖아."

"아닌 말로 인간 둘만 내주면 되는데 우리가 끼어들 이유가 없 잖아."

그 말에 순간 존남의 눈빛이 매섭게 변했다.

"인간 둘? 너 방금 인간 둘이라고 했냐?"

"나, 나는 그냥 우리랑 종이 다르다는 뜻으로 한 말이라고."

"저 둘은 고양이를 구원하기 위해 나타난 천 년 집사 후보들이 야. 그 집사를 그냥 사잣밥으로 내주자는 거야?"

"너야 그 인간들에게 빚이 있겠지만 우리는 아니야! 우리는 받 을 것도 줄 것도 없어. 근데 왜 목숨을 걸어야 해?"

"어차피 아홉 목숨 중 하나, 가장 의미 있게 싸우다 죽어서 회 차를 완성하고 넘어가는 건데 뭐가 그리 아까운데?"

"아홉 개든 한 개든 목숨은 소중한 거야!"

"그래, 그놈들은 수천 년 이집트 역사를 등에 업은 전설의 고 양이들이라고. 우리가 어떻게 이겨?"

고양이들의 성토에 존남이 발끈하며 말했다.

"우리는 반만년이야! 햇수로 따지자면 어딜 내놔도 안 진다고! 단군이 이 땅에 터를 잡고 홍익인간 정신을 선포한 그날 이후, 우 리도 한 역사 하는 민족이야!"

"아우, 꼰대 같긴."

이렇게 끝없이 되풀이되는 말싸움의 연속이었다. 존남이 한숨을 푹 내쉬며 말했다.

"그럼 일단 군필 고양이들만 따로 모여 봐."

"군필은 또 뭐야?"

"전쟁이나 시민운동, 사태, 폭동 이런 걸 겪어 본 적이 있으면 군필이야."

"전 집사가 직업 군인이었던 건?"

"그 밑에서 전략 전술을 배웠나?"

"삽질하는 것만 봤는데."

"꺼져!"

"난 밀리터리 덕후가 기르던 고양이였는데. 만날 군복 무늬 옷만 입혔어."

"그래서 네 집사가 군필이었어?"

"아니 미필."

"꺼져!"

존남이 잇새로 하악질을 하자 헛소리를 내뱉던 입이 다물어졌다.

"우리는 전략 전술로 승부를 볼 거야. 그들이 원력을 가졌든 마력을 가졌든, 여기는 우리 땅이고 우리가 주인이야. 적벽에 진을 친 손권과 유비의 비장함으로 조조의 백만 대군에 맞서 싸운다고 생각하면 돼."

"쟤는 무협지를 너무 봤어."

이렇게 구시렁거리는 소리에 존남이 발끈 열을 올리며 소리쳤다.

"《삼국지》는 그냥 무협지가 아니야! 《삼국지》는 대하 서사극이고, 법전이고, 진리야."

고양이들은 쑥덕거리며 의견을 주고받았다.

"다들 자기 아지트로 돌아가서 사료를 한껏 먹고 정리할 것이 있으면 정리하고 와. 인사를 해야 할 집사가 있으면 마지막 인사를 하고 와도 좋아. 그리고 군량미를 챙겨서 내일 달이 뜨기 전까지 여기로 와."

흡사 손권의 대도독(大都督) 주유에 빙의된 듯 장엄한 연설을 마친 존남이 내려오자 고양이들이 자리를 떠났다. 그리고 바로 다음 날, 존남의 열변에도 불구하고 그 자리에 다시 모인 고양이는 일곱에 지나지 않았다. 존남과 줄무늬, 메리, 누룽지, 분홍과 두럽, 그리고 용병으로 계산된 삭정이였다.

줄무늬와 메리가 주위를 돌아보며 혀를 찼다.

"다들 툴툴대기만 하더니 결국 꽁무니를 빼고 도망가 버렸네."

"형님, 겨우 일곱이라니, 생각보다 너무 형편없는데요?"

"아니! 우리는 끝까지 도망가지 않은 투사가 일곱이나 있다. 형편없지 않아."

존남은 의미심장한 얼굴로 나머지 고양이들을 돌아봤다. 그들 모두 고덕이나 테오와 인연이 있는 고양이들이었다. 어쩌면 다른 고양이들은 도망가고 이들만 남은 게 당연한 이치인지도 모를 일이다.

"다들 고덕과 테오를 지키기 위해 이 자리에 모인 걸 안다. 라의 전사들인지 솔의 전사들인지 한 트럭이 와도 우리가 힘을 합치면 뭐든 할 수 있을 거라고 믿어."

"난 분홍이를 지키기 위해서야. 오해는 하지 말라고."

누룽지의 말에 두럽도 고개를 끄덕이며 말했다.

"나도 기억은 안 나지만 정 여사란 집사에게 보은권이 있어서 대신 갚는 거야. 듣자 하니 이쪽은 확실히 그 아들에게 빚이 있던데."

두럽이 삭정이를 고갯짓으로 가리키자 삭정이가 고개를 돌려 외면했다. 이곳에 모인 고양이들 중에서 고덕에게 확실한 하나의 생명을 빚진 이는 삭정이였다. 그렇게 따지면 존남과 줄무늬, 메리는 이 싸움에 아무런 이유 없이 자발적으로 참여한 것이었다.

"거기 줄무늬랑 메리는 왜 낀 거지?"

누룽지의 말에 줄무늬가 잠시 메리를 돌아보며 말했다.

"난 어차피 3회차 인생이 얼마 남지 않았어. 이 시간을 가장 의미 있게 쓰고 죽을 수 있다면 누군가를 지키는 데 쓰고 싶어서."

"그게 인간 집사라는 거냐?"

"글쎄, 난 단지 이 아파트에서 밥을 함께 먹는 길고양이 모두를 지키고 싶은 건데. 어차피 그놈들은 이 아파트를 찾아올 거고, 싸움이 시작되면 이곳은 쑥대밭이 될 게 불 보듯 뻔한데 내 영역을 초토화하는 걸 눈 뜨고 지켜볼 수만은 없잖아."

"저도 형님과 같은 생각입니다."

고로 제각각의 이유로 이 싸움에 동참했다는 의미였다. 고덕과 테오를 위함만이 아닌, 자신의 영역과 자기 친구, 자식, 더 나아가 보은이라는 이유로. 모인 이유는 달랐지만 무언가를 소중히 여기는 그 마음은 같은 셈이었다.

그러나 다른 고양이들이 꽁무니를 빼고 도망갔다는 건 그들의 착각이었다. 결심하는 데 시간이 걸렸을 뿐, 혹은 주변을 정리하고 마지막 인사를 나누는 게 조금 길었을 뿐, 시간이 흐르자 더 많은 고양이가 모였다. 남부여대도 아니건만 짐을 이고 지고 물고 찾아왔다.

그렇게 모여든 고양이가 수십 마리였다. 다들 결의에 가득 찬 표정이었다. 앞선 일곱 마리가 고덕, 테오와의 인연이 있다면 후발대로 도착한 이들은 그저 불의에 저항하고자 하는 고양이들이었다. 이 땅에 다른 땅의 고양이가 찾아와 질서를 어지럽히고 소중한 생명을 해치는 걸 두고 볼 수만은 없다는 게 그 이유였다.

존남은 의미심장한 눈빛으로 좌중을 둘러보다가 발바닥에 물을 묻혀 마른 바닥에 그림을 그리기 시작했다.

"자, 여길 좀 봐 줘."

"그게 뭐야?"

"이 아파트로 들어오는 길목. 어디로 들어오든 사방이 노출돼서 뭔가를 지키기에 불리해. 그래서 그들을 우리에게 유리한 골목으로 몰아야 해."

여러 고양이가 머리를 맞대고 전략을 논하는 동안 분홍은 바닥에 널브러져 뒹굴고 있었다. 분홍은 금강저 무기가 새겨진 배를 쓰다듬으며 생각했다.

라의 전사라……. 대단한 용사라 들었지만, 어차피 금강저를 가진 자신의 상대가 되지 않는다. 고양이의 모습으로 금강저를 휘두른 적은 단 한 번도 없지만 분홍이 마음먹고 밀적금강의 힘을 발휘한다면 그 누가 온들 걱정할 이유는 없었다.

그저 지금은 저리 머리를 맞대고 똘똘 뭉친 길고양이들을 보는 걸 즐기는 쪽이었다. 세상 물정 모르는 어린 고양이인 양 뒹굴면서.

"근데 유리한 골목이 어디야?"

분홍이 묻자 존남이 답했다.

"협곡."

"협곡?"

"출구와 퇴로를 막고 좁은 길목에 집어넣는 거지. 앞뒤를 막아서 꼼짝 못 하게 한 다음 총공격을 하는 거야."

"잠깐! 그게 말이 돼?"

누룽지가 말을 가로막자 존남이 신경질을 부리며 말했다.

"왜? 뭐가?"

"그들이 라의 사자들이라고 하지 않았나? 전사들이라면 출구든 입구든 의미 없어. 이미 죽음을 각오하고 찾아왔는데 퇴로가 없는 협곡이 무슨 소용이야."

"……"

듣고 보니 맞는 말이라 존남은 말문이 막혔다. 고민 끝에 꺼낸 말이,

"누룽지, 날카로운 지적이었다. 혹시 너 여군 출신이야?"

"헛소리는! 우리는 싸움에 이기려는 게 아니라 고덕과 테오를 지키는 게 목적이잖아. 무작정 싸우지 말고 협상을 해 보는 것도 1안에 두자고."

"말이 통하는 놈들이면 이러고 있겠어? 그놈들이 찾아갔다는 동물원 사육장 안에서 백호 여러 마리가 죽었다는 소문을 못 들은 모양이네."

늘어져 있던 분홍이 뒹굴던 자세에서 튀어 올라 물었다.

"아저씨, 방금 뭐라고 그랬어?"

"동물원 백호가 죽었다고."

"백호가 어떻게 죽었는데?"

"방사장 밖으로 나오지 못하고 사육장 안에만 있는 애들, 사람들에게 알려지지 않았지만 쉬쉬하고 있는 기형 백호들이 있는데 어째서인지 그들이 어젯밤에 몰살당했다는 거야."

분홍은 이상한 생각이 들었다. 라의 전사들이 왜 백호를 죽였는지 이유를 알 수 없었지만 테오에게서 들은 '티그리스'라는 백호와 관련이 있다는 생각이 들었다.

분홍은 백호의 죽음으로 긴장했지만, 존남은 그러거나 말거나 머릿속의 필승 전략을 세우는 데 골몰했다. 존남은 몇 날 며칠 온갖 전술서를 읽으며 짜 온 모종의 전략을 고양이들에게 설파하기 시작했다. 산으로 유인해 정공법이 아닌 게릴라전으로 녀석들을 쳐야 승산이 있다는 계획이었다. 또 다른 안은, 녀석들에게는 익숙지 않으나 도시의 고양이들에게 익숙한 곳에 부비트랩을 설치해 녀석들의 힘을 빼 놓자는 것이었다.

"그래서 이게 무슨 전략인데?"

"일명 'TNR(Trap, Neuter, Return)' 전법이야."

"TNR? 우리가 중성화 당한 그 TNR?"

"맞아. 이집트의 고양이는 대한민국의 고양이와 달리 도시 생활의 아픔을 모르지. 말 그대로 고양이 중성화 수술 전략으로 녀석들을 공략할 거야."

"개들 잡아서 중성화 수술이라도 시키겠다는 거야?"

"일단, 우리는 녀석들을 둘로 떼어 낼 거야. '그들 중 약한 놈을 잡아서 중성화시키고, 제자리로 보낸다.' 이게 전술의 핵심이야."

"약한 놈이 누군지 모르겠지만 잡았다 쳐, 중성화든 양성화든 했다고 쳐. 제자리로 돌려보낸다는 건 또 무슨 뜻인데?"

"제자리가 어디겠어? 자기들이 살던 이집트지."

"그래서 중성화는 진짜 중성화시키겠다는 거냐고?"

"맞아!"

그 말에 좌중이 술렁이기 시작했다.

"내 정보통에 따르면 이 전사 둘은 수컷이야. 녀석들을 포획해서 중성화 수술을 시키고 귀끝을 잘라 돌려보낼 거야. 다시는 남의 땅에 쳐들어와 도발하지 못하게. 살아 있는 내내 그 잘린 귀끝은 두려움의 증거가 될 거야."

그 말을 들은 몇몇 수컷이 마치 자신의 고통인 듯 다리를 꼬며 괴로워했다.

"자, 여기까지 질문 있는 사람."

"거시기는 그렇다치고 그 둘은 어떻게 떼어 낼 거야?"

"간단해. 한 놈이 협곡으로 들어서면 설치한 트랩으로 둘 사이를 물리적으로 차단할 거야. 그 차단막을 뚫을 수 없게 하면 돼."

고양이들은 존남이 짜 온 전략이 이해되기 시작했다. 듣고 보니 승산이 있는 싸움 같아 보였다.

다른 고양이들이 머리를 맞대고 구체적인 고양이 자원 배치와 전술을 논의하는 동안 분홍은 무리를 빠져나왔다. 그리고 곧장 할멈을 찾아갔다. 한시도 지체하지 않고 확인해야 할 중요한 문제가 있었다.

할멈은 밀적인 분홍이 자신을 찾아올 것임을 예측했다.

"오실 줄 알고 있었습니다."

"인사는 생략하지. 다급하네. 내가 금강저로 저들을 죽이는 것은 일도 아니나 이유도 모른 채 함부로 살생할 수는 없네."

"그렇지 않아도 그 문제를 당부드리려고 찾아뵈려던 참이었습니다."

"그들이 백호를 죽인 이유가 무엇인가?"

"이유는 스스로 찾아내셔야 합니다. 다만 이기려 하지 말고 버티십시오."

"버티라고? 어째서인가? 이미 백호 여러 마리를 살육했다는데 어째서 이기지 말라 하는가?"

"백호를 찾아간 목적과 고덕과 테오를 찾아온 목적이 다를 것입니다. 그들은 어쨌거나 고양이들입니다."

"그래서 그들을 죽이지 말라는 것인가?"

"죽이면 더 큰 화가 옵니다. 절체절명의 순간이 오더라도 그 힘은 죽이는 것이 아닌 무언가를 살리는 데만 쓰십시오. 이게 저의 답입니다."

"사자들이 백호를 죽인 이유가 무엇이냐고!"

"……종족을 배신하고 이용해서입니다."

"그들이?"

"아니요. 그들 중 이미 9회차에 올라선 어떤 이가 이를 조종하고 있지요. 그는 인간을 혐오합니다. 그래서 차라리 악에 물들 천년 집사를 만들어 이 세계의 민낯을 만천하에 드러낼 작정인 모양입니다. 그에게는 그게 고덕이 되든 테오가 되든, 살인마가 되든 상관없습니다. 그저 이유를 숨기고 싶어 할 뿐이죠."

할멈은 분홍에게 조그만 복주머니 하나를 내밀며 말했다.

"크게 다쳐서 목숨이 경각에 달렸을 때 이 약을 드세요."

"무슨 뜻인가?"

"연꽃께서 주라고 하신 약입니다."

"기분 나빠지려 하네. 연꽃은 내가 그깟 일로 다칠 거라 생각하나 보지?"

"아닙니다. 만만치 않은 상대를 죽이지 못하고 버티셔야 하니 옥체를 잘 보존하시라는 뜻이겠지요."

할멈의 말이 끝나기도 전에, 약주머니를 아무렇게나 챙긴 분홍이 뒤돌아 달렸다. 할멈은 그저 기도할 뿐이었다.

같은 시각, 고덕은 존남이 알려 준 함성혁의 오토바이 사고 건을 조사 중이었다. 정보원에 따르면 함성혁이 밤에 오토바이를 타고 가는데 고양이 두 마리가 나타나 그의 오토바이 앞으로 달려들었다고 했다.

보통의 고양이라면 불빛을 보고 그 자리에서 얼어붙는데 이 두 마리의 고양이는 오히려 달려오는 불빛으로 뛰어들었다는 게 이상했다. 그러나 증묘들에 따르면 함성혁은 오토바이 핸들을 꺾지 않은 채 그대로 돌진했다고 했다. 아슬아슬하게 고양이를 피한 함성혁은 어째서인지 그들을 피해 달아나기 시작했다.

그리고 텅 빈 새벽의 도로 위에서 기묘한 추격전이 시작되었다. 도망가는 오토바이와 쫓아오는 고양이 두 마리. 함성혁은 온 힘을 다해 도망치고 있었는데 그를 쫓는 고양이들은 보고도 믿기지 않을 만큼의 속도로 오토바이를 바짝 쫓았다. 날아오르듯 튀어 오른 고양이 한 마리가 반짝이는 무언가를 꺼내 공기를 가르는 순간, 굉음과 함께 함성혁이 쓰러졌다. 피를 흘린 채 의식을 잃은 그를 바라보는 두 마리의 고양이 눈에 냉한 살기가 돌았다.

이야기를 전해 들은 고덕이 다시 함성혁의 병실을 찾았다.

여전히 의식 불명인 그는 깨어날 기미가 보이지 않았다.

경찰서로 돌아와 함성혁의 서류를 확인하던 중 낯익은 주소지가 보였다. 주소를 확인한 순간 고덕은 그 자리에 얼어붙었다.

길상로 90번길, 1403호.

고덕이 지금의 아파트로 이사하기 전까지 살았던 오피스텔의 주소였다. 그 말인즉슨 그가 살던 오피스텔의 다음 세입자가 함성혁이었다는 뜻이었다.

어쩌면 라의 사자들은 함성혁을 고덕이라고 착각하고 그를 쫓은 게 아닐까. 함성혁이 사경을 헤매고 있는 저 자리에 자신이 있었을 수도 있겠다는 생각이 들자 오소소 소름이 돋았다. 그러나 한편으로는 이상한 질문이 생겨났다.

먼 기억 속에서 야구 모자를 깊이 눌러 쓰고 오피스텔을 보자마자 계약하겠다고 했던 그날의 세입자가 떠올랐다. 기억 속에 얼굴은 남아 있지 않지만 그의 말투, 옷차림은 희미하게 남았다. 그는 엉망인 집 상태는 개의치 않고 오직 직장과 가까운 오피스텔의 위치만을 마음에 들어했다. 그 주소지는 A병원과 지척에 있었다. 병원은 고덕이 노교수에게 자문을 구하러 자주 가던 곳이기도 했다.

'그날 당신을 만났다라.'

그날은 몇 년 만에 엄마를 만나러 갔던, 억세게 운이 좋다고 생각했던 날이다. 또한 운명처럼 째째를 만났던 날이기도 했다.

생각이 여기까지 미치자 고덕은 이 질문을 누구에게 던져야 하는지 알게 됐다. 평온했던 심장이 뛰는 순간, 고덕은 그곳으로 달려가기 시작했다.

분홍이 잠깐 자리를 비운 사이, 생각보다 빨리 '그들'이 고덕의 아파트로 넘어왔다.

평상시에도 여러 마리의 고양이가 오가지만 요즘 들어 소문을 듣고 찾아온 많은 고양이가 무시로 아파트 경계를 드나들었기에 그들 또한 처음에는 외지 고양이로 취급당했다. 길목을 지키던 목살이 두툼한 경비 고양이가 보마니를 보며 물었다.

"어디서 왔소?"

"멀리."

"아까 광주서 왔다는 고양이도 있었는데 그보다 멀리?"

"비행기를 타고."

"푸합! 삼겹아, 여기 좀 와 봐."

경비 고양이가 멀리 떨어져 있는 동료를 불렀다.

"왜 바쁜 사람을 오라 가라 그래."

"아니, 이 두 양반이 멀리서 비행기를 타고 오셨다네."

"비행기?"

"아니, 뺑을 쳐도 광주서 왔다는 정도면 그런가 보다 하지. 비행기 타고 멀리서 왔다고 하면 누가 믿어 준대?"

"그거 전라도 광주가 아니라 경기도 광주라잖아."

"그 광주가 그 광주가 아니야?"

"이쪽도 제주에서 비행기 타고 왔을 수도 있지. 뭘 그런 걸 꼬치꼬치 물어봐?"

"흠흠, 암튼! 여기는 자기가 제일 잘하는 분야로 일손을 쪼개서 돕고 있으니까, 그쪽들은 제일 잘하는 거 말해 보쇼."

보마니가 아누비스의 얼굴을 바라봤다.

"이쪽은 염력을 잘 쓰고, 나는 강력한 힘을 쓴다."

"아, 염력이랑 파워! 어디 휴먼 스펙터클 판타지 영화 찍다 왔는가? 액션 엑스트라 고양이들이셔?"

"……"

"아, 너는 초면에 또 그렇게 멀리서 찾아온 고양이를 홀대해? 자, 이 친구 농담한 거 신경 쓰지 마시고 이름 말하고 저쪽으로 가서 회차 검증하고 구역 안내받으쇼. 괜히 회차 높여 말하면 금방 들통나요."

"내 이름은 보마니, 이쪽은 아누비스. 우리는 수천 년 전에 아홉 계단에 올라섰지만 더 이상 회차를 완성하지 않고 멈춰 있다. 우리의 임무를 수행하고자 한다."

"……그러니까 이름이 보마니랑 아누비스. 이름에 버터가 찰지게도 발렸네. 보통은 코코, 루루, 망고, 치즈 이런 식으로 짓는데, 이름이 참 유니크하네. 뭐, 주인이 외국인이라도 되나?"

"우리에게 주인은 없다. 오히려 인간들이 우리를 섬길 뿐."

"그럼 이 이름은 누가 지어 줬는데?"

"선대 라의 전사들이 죽으면 그 후손이 이름을 물려받는다."

"……음, 라의 전사들?"

"그렇다."

"혹시, 이집트 출신이여?"

"그렇다."

"그럼 혹시 그쪽이 오늘 오기로 되어 있는 그 라의 전사들? ……
흠, 목살이 너 나 좀 보자."

삼겹이 경비 고양이인 목살을 부르자 아직도 영문을 모르는
목살이 되물었다.

"쫑남이가 쉬도 이 자리에서 싸고 한 발짝도 움직이지 말라고
했는데?"

"쫑남이가 아니고 존남이고, 저쪽이 그 라의 전사들이여."

삼겹이 목소리를 낮춘 채 읊조리듯 말했지만 눈치 없는 목살
이 되물었다.

"저들이 뭐라고?"

"라의 전사, 라의 전사! 몇 번을 말해! 저들이 그들이라고!"

그제야 사태를 파악한 목살이 그 자리에서 쉬를 지리고 말았
다. 보다 못한 삼겹이 목살의 목에 달린 방울을 흔들었다. 방울
소리는 일파만파 퍼져 나가 아파트 안에 있는 모든 고양이의 귀

에 공습경보로 바뀌었다.

모든 고양이가 전투 태세를 갖추고 아파트 입구로 모여들었다. 순식간에 라의 전사들을 에워싼 수십 마리의 고양이가 털을 곤두세운 채 그들을 노려봤다.

우여곡절 끝에 마침내 낯선 두 세계가 만났다.

하나는 수천 년의 삶을 물려받은 이집트 라의 전사였고, 또 다른 이들은 척박한 도시 생활에 잔뼈가 굵은 대한민국의 고양이들이었다.

너무도 다른 존재였으나 이들 사이에 오가는 투지와 생의 의지는 가늠할 길 없이 강렬하다는 점이 같았다. 한쪽은 자신의 신념이, 또 다른 쪽은 삶의 의지가 강했다. 조우의 순간, 오랫동안 찾아 헤맨 쪽은 황당하고도 반가웠고, 두려움에 떨어온 쪽은 불쾌함과 언짢음이 가득했다. 그리하여 큰 싸움을 앞둔 둘은 소소하게 서로를 긁기 시작했다. 줄무늬와 메리가 언쟁의 서막을 올렸다.

"하, 나 참! 소문 난 잔치에 먹을 것 없다더니. 난 어디 '이집트', '라의 전사들' 이따위로 소문이 돌기에 덩치가 사자만 한 놈들인 줄 알았더니 고만고만한 놈들이었네."

"……."

"형님도 참, 왜 이렇게 초반부터 성질을 부리고 그러셔. 참으셔."

"아니 애들 사이즈를 보라고. 이게 어딜 봐서 위대한 라의 전사들이냐고. 그냥 뒷골목 아이들이구먼."

"…… 그대가 천 년 집사의 고양이인가?"

"천 년 집사 누구? 잘생긴 쪽? 아닌 쪽?"

보마니의 눈이 가늘어졌다. 무슨 소리인지 못 알아듣겠다는 뜻이었다.

"아, 아! 어린 쪽, 늙은 쪽?"

"그들의 이름은 고덕과 테오. 두 사람은 지금 어디 있나?"

이미 모든 것을 알고 왔구나. 천 년 집사 결사단은 긴장했음에도 짐짓 딴청을 피우며,

"그딴 식으로 물어보면 옳소, 좋소, 옛소 알려 줄 것 같은가? 어디서 고양이 앞의 쥐가 멍멍하는 소리를 해 재끼고 있어? 만난 첫날부터 합사시켜 달라고 떼를 쓰는 것도 아니고, 남의 집사 전번은 함부로 묻는 것이 아니지."

만약 번역기를 돌린다면 황당무계한 저 말이 어찌 번역되어 전달될지 참으로 궁금했다. 그러나 2회차 이상의 고양이들은 고양이 언어뿐 아니라 모든 경계의 언어를 읽는 자들이었다. 그럼에도 세상의 모든 언어와 경계의 언어를 이해하는 라의 전사들조차 줄무늬와 메리가 털어 대는 만담에 가까운 이야기를 이해하

지 못하는 눈치였다.

"우리는 너희들과 볼 일이 없다. 길을 터라."

"세상에는 '도'와 '의'가 있고, 고양이에게는 '묘'와 '미'라는 게 있어. 말 그대로 묘미, 고양이가 가진 아름다움이란 뜻이다. 우리는 우리를 모신 집사를 함부로 내치지 않는 것이 도리이고 고양이의 아름다운 의다."

"훌륭하군."

뜻밖의 칭찬에 줄무늬와 메리가 어리둥절한 표정으로 서로를 돌아봤다. 잠자코 이야기를 듣고만 있던 존남이 둘 사이를 헤집고 나와 말했다.

"천 년 집사를 만나고 싶으면 우리를 쓰러뜨리고 가야 한다!"

"너희를 쓰러뜨리는 것은 일이 아니지만 괜한 살육전을 일으키고 싶지 않다. 길을 터라."

"못 하겠다면?"

그 말에 경계에 멈춰 서 있던 보마니가 앞으로 나왔다. 존남은 보마니가 앞으로 나오는 동안에도 꼼짝하지 않았다. 속으로 숫자를 세고 있었다.

한 발, 두 발, 세 발…… 마지막으로 한 발만 더!

보마니가 존남의 앞으로 다가온 순간 존남이 외쳤다.

"지금!!!"

바로 그 순간 풀더미 속에 감춰져 있던 그물이 당겨지고 보마니의 몸이 순식간에 그물에 갇힌 채 공중으로 끌어 올려졌다. 존남이 만든 완벽한 덫이었다. 라의 전사를 그 자리로 데려오기 위해 적정한 거리를 벌리고 서 있다가 도발해서 앞으로 나오게 만드는 것이 존남의 전술이었다. 그의 예상대로 둘을 찢어 놓는 전략이 먹힌 것이다.

남은 라의 전사 하나가 물끄러미 머리 위 그물을 올려다보며 말했다.

"신기한 물건이군."

혼자 남은 아누비스의 곁으로 여러 마리의 고양이가 다가왔다. 흔히 말하는 '쪽수'로 밀어붙일 생각이었으나 아누비스의 얼굴에는 쥐 오줌만큼의 두려움도 보이지 않았다.

"이쯤에서 항복하고 그만 돌아가."

"다시 묻지. 고덕과 테오는 어디 있나?"

한결같은 태도를 보인다는 점에서 라의 전사는 정말 대단한 정신력의 소유자였다. 태풍이 불어도 흔들릴 것 같지 않은 변함없는 마음으로 차분히 좌중을 돌아보며 말했다.

"앞서 말했듯 쓸데없는 소요와 피는 원치 않는다. 그만 길을 터라."

"넌 정말 상황 파악이 안 돼? 네가 수세에 몰린 거라고. 이쯤에서 동료를 풀어 달라고 빌고, 다시는 오지 않겠다고 약속하고 떠나야 하는 거지."

그는 쓰윽 공중에 매달린 제 동료를 다시 올려다보았다. 그리고 무심히,

"보마니는 자기가 원할 때 내려올 거다. 좀 쉬게 두지."

"잉? 뭔 고양이가 자기 맛동산 집어 먹는 소리여?"

"마지막으로 묻지. 그들은 어디 있나?"

벽창호가 따로 없었다. 흡사 하나의 질문만 탑재된 로봇 같기도 하고, 세뇌당해 뭐가 옳은지 그른지도 모르는 듯 보였다.

바로 그때, 무언가를 북 찢는 소리가 들리더니 하늘에서 깃털 하나가 떨어지듯 고양이 한 마리가 풀썩 풀밭으로 내렸다. 마치 바람에 나부끼는 나뭇잎처럼 경쾌하고 가벼운 모양새였다. 보마니의 앞발에서는 긴 발톱 하나가 칼처럼 튀어나와 광채를 비추고 있었다. 칼처럼 세워 둔 발톱은 그 자체만으로도 가공할 만한 무기였다.

"거기 있으라니까."

"자네를 믿지 않는 것은 아나나 이들은 자네를 모르잖나. 겁 없이 덤벼들었다가 뼈도 못 추스를까 봐 그렇지."

"묘미라고 했던가. 우리 세계의 아름다움도 세 번의 질문에 있다. 난 그대들에게 세 번의 예를 갖췄고 당신들은 거부했다. 이것으로써 서로에게 예를 다한 것이다."

그 말과 동시에 두 마리의 아비시니아 고양이가 하늘로 날아 올랐다. 두 마리의 벌처럼 그 자리에서 수직으로 솟구쳤다가 커다란 칼을 들고 땅으로 내려왔다. 그들은 고양이들의 곁을 베었다. 정확히는 모여 있는 이들의 사이를, 또 한 번은 존귀하다고 주장하던 나머지 귀 끝 털을 베었다. 분분히 날리는 털이 눈꽃처럼 사방에 뿌려졌다.

순식간에 이뤄진 기습 공격에 고양이들이 우왕좌왕 혼란에 빠지자 존남과 메리가 앞으로 달려 나와 그들에게 돌진했다. 치명타를 입힐 무기 하나 없었지만 존남과 메리는 그들을 분리시키고 시선을 묶었다.

그사이 기습을 준비하던 누룽지와 삭정이가 뒤에서 나타나 그들의 후방을 공격했다. 두 마리 대 네 마리, 한 마리가 두 마리의 고양이와 싸우고 있는 셈이었다.

싸움은 용호상박인 듯 보였으나 실상은 라의 전사들이 그들을 봐주고 있었다. 점점 칼날이 빠르게 움직이자 민첩하게 움직이던 누룽지와 삭정이도 칼을 받아 내며 뒤로 밀려나고 있었다. 인정을 거둬들인 칼이 삭정이와 누룽지를 찌르려던 그때, 어디선가 나타난 분홍이 그 칼을 베어 냈다.

콰직— 둔탁한 소리를 내며 부서진 것은 라의 전사들의 몸에서 돋아난 칼이었다. 칼이 베어진 자리에서 피가 솟구쳤다. 그들의 칼은 몸과 혼연일체였다.

보마니와 아누비스가 분홍을 돌아보았다. 분홍의 손에 들린 것은 가느다란 나뭇가지 하나뿐이었다. 그 나뭇가지로 동시에 칼을 끊어 냈다는 사실에 놀란 것은 라의 전사들뿐만이 아니었다. 주변에서 지켜보던 모든 고양이가 분홍이 무술계의 은둔 고수임에 놀랐다.

"쟤 3회차라고 했잖아."

"그러니까요, 형님. 분명 3회차라고 했는데."

보마니가 상처를 지혈하며 차가운 표정으로 물었다.

"넌 누구지?"

"마지막 그 일격은 진짜 찌를 생각이었군."

"그럼, 가짜였을까."

"더 이상 내 동료들을 건드리지 마라."

"동료라. 넌 저들의 동료가 아니잖아."

상대의 영혼을 꿰뚫어 보는 보마니의 눈에 비친 분홍은 일개 고양이가 아닌 우락부락한 근육질의 밀적금강역사 본연의 모습이었다. 밀적이 막대기를 들어 라의 전사들과 동료들 사이를 가르자 땅이 갈라졌다. 그 경계에 무언가를 써넣자 땅에서 이상한 막이 솟아났다. 갈라진 땅의 반대편에 선 이들에게 보이지 않는 결계가 생겼다는 것을 안 라의 전사들은 분홍을 흥미롭게 바라봤다.

"넌 누구냐."

"난 이 땅을 지키는 존재다. 너희는 위원회의 반대를 무릅쓰고 여기까지 왔다고?"

"그렇다."

"목숨을 걸 만한 가치가 있나?"

"그렇다."

그리 말하는 라의 전사들의 눈빛이 확고한 결의에 차 있었다. 대화로 이들을 막는 것은 불가능한 일. 무언가를 깨달은 분홍이 라의 전사들을 향해 외쳤다.

"천 년 집사가 될 도량은 셋이다. 너희는 충분히 그자를 추적할 능력이 있었을 것이다."

"뭘 묻고 싶은 거지?"

"여기가 아니라 그 한 놈이 확실한 악임을 알 텐데 왜 이 두 집사를 찾아온 거지?"

"호, 본질에 잘 접근했군."

"왜 이 두 사람이 먼저인 거지?"

"그들이 먼저라고는 하지 않았어."

많은 것이 담긴 답이었다.

"그럼 살인마라고 불리는 그놈은 죽었나?"

"글쎄. 대신 그가 가졌던 조각 중 하나를 되찾아 왔지."

"조각? 무슨 조각?"

"결국엔 하나가 되어야 할 조각."

"이봐, 그런 뜬구름 잡는 얘기는 집어치우고. 여길 찾아온 진짜 이유를 말해. 그대들의 신탁은 천 년 집사가 되는 이가 검은 물에 물든다고 했다던데 그 신탁이 틀릴 수도 있잖아."

"신탁은 단 한 번도 틀린 적이 없었다. 또한 너희 땅에서 새로운 라의 사자가 태어날 것이다. 이것이 또 다른 신탁이었다."

"그래서 그걸 확인하려고 온 이유도 있었다?"

"신탁이 그리 친절하거나 자세하지 않아서 그 순간을 맞닥뜨리기 전까지 알지 못해."

듣고 있던 존남이 기분 나쁘다는 듯 외쳤다.

"뭐야, 그 호랑말코 같은 얼굴로 암컷을 후리겠다는 뜻이냐? 뭐, 여기서 네 종족의 씨를 뿌리겠다고?"

"아, 저놈의 존남! 생각하는 게 하나부터 열까지 다 그쪽이야."

누룽지가 투덜거리는 사이, 분홍은 끓어오르는 화를 꾹 참고 다시 물었다.

"너희는 왜 이 일에 개입하지?"

"글쎄, 그건 너희 언어에는 없는 말이라."

"구석기 외국 고양이인 거 다 아니까 티 내지 말고 너희가 찾아온 이유가 뭐냐고."

"수레를 제대로 돌리기 위해서다. 또한 균형을 맞추기 위해서다."

"어째서?"

"더 빠른 수레바퀴가 돌아가고 있다면 힘의 균형을 맞추기 위해 무얼 해야 하지?"

"더 빨리 도는 수레가 그놈인가?"

"홋!"

아비시니아 고양이는 묘한 웃음을 흘린 채 입을 다물었다.

이로써 모든 상황 판단은 끝났다. 밀적은 이들을 더 설득할 수 없음을 알았다. 할멈의 우려처럼 저들을 죽이는 일이 발생할지라도 고덕과 테오를 지키는 것이 먼저였다.

밀적이 그러하듯, 두 마리 아비시니아 또한 분홍이 절대 물러서지 않을 것임을 알았다. 세 마리는 눈빛을 통해 서로의 의사를 확인했고 그와 동시에 서로를 향해 돌진했다.

두 마리가 일방적으로 분홍을 공격하고 있었으나 전혀 수세에 몰리지 않았다. 오히려 그들의 공격을 막아 내며 조금씩 치명타를 가하고 있었다.

멈추지 않으면 또 한 번, 쓰러지지 않으면 더 강하게, 분홍은 계속 경고했다.

라의 전사들도 공격을 멈추지 않았고 분홍은 더 시간을 끌 생각이 없었다. 마침내 분홍은 배 안에 감춰 둔 금강저를 꺼내 들었다.

털에 파묻혀 있던 금강저가 원래의 모습으로 나타난 순간, 보고 있던 모든 이들이 놀라움을 감추지 못했다. 분홍이 휘두른 금강저에 온 산천초목이 떨었다.

우—웅 긴 바람 소리와도 같은 울음을 내뱉던 칼이 제 주인의 명령에 따라 바닥을 가리고 공기를 베었다.

그러나 분홍은 당황했다. 금강저 끝에 무거운 추가 달린 듯 제 뜻대로 움직이지 않았다. 금강저를 감싸고 있는 은은한 결계를 보니 그 이유를 알 것 같았다. 그리고 문수를 찾아가 금강저를 소환할 때 불목하니의 등에 업혀 온 금강저가 잠시 어디에 놓였는지 기억했다.

연화대 위.

"쳇, 연꽃이 예쁜 추를 달아 줬군."

이로써 피가 흐르는 살덩어리 하나도 썰지 못하는 금강저의 한계를 인지하게 된 것이다. 이 세상에 다시 없을 가공할 무기이지만 정육점의 칼보다 더 못한 존재라니. 금강저를 휘두르는 분홍은 짜증이 솟구쳤다.

또한 전사인 보마니의 눈에도 금강저가 가진 이상한 결계가 보였다.

"이제 보니 그 무기는······."

금강저가 그의 입을 향해 날아왔다. 그러나 생명을 맞닥뜨린 순간 힘이 반감되어 강력한 타격이 되지는 않았다.

"그렇군. 그 무기는 모든 것을 벨 수 있으나 살생을 할 순 없군."

불계의 무기로 올랐기에 살생을 할 수 없다는 약점을 알게 된 보마니는 온 힘을 다해 분홍을 공격하기 시작했다.

설상가상 분홍은 라의 전사들을 해치지 않아야 한다는 연꽃의 부탁을 받았다. 할멈을 통해 내려온 전언은 지금, 이 순간을 내다보았기에 가능했을 것이다. 분홍이 폭주할까 봐 그의 금강저에 결계를 쳐 놓은 것 또한 같은 이유였을 터.

라의 전사들은 아파트의 고양이들을 보호하기 위해 분홍이 친 결계 안으로 들어오지는 못했지만 그 결계 밖으로 나온 분홍은 인정사정 봐주지 않고 공격했다. 그들은 분홍을 쓰러뜨려야 저 안으로 들어갈 수 있음을 알았다.

한쪽은 죽일 수 없고, 다른 한쪽은 그자를 죽여야 하는 싸움에서 승리의 기세는 이미 정해진 것이나 다름없었다.

'이놈의 연꽃, 남의 사정 다 봐주다가 내가 죽을 판이라고!'

결국 막다른 곳에 몰린 분홍이 둘의 공격을 온몸으로 막아 내던 그때, 분홍의 허점을 노린 보마니의 일격이 급소를 향해 날아왔다. 분홍이 그 공격을 막는 것은 보마니를 죽이는 선택뿐이다.

분홍이 멈춘 순간 보마니 역시 칼을 거둬들였다. 보마니는 옅은 한숨을 내쉬며 말했다.

"봐주지 마라. 네 자비는 필요 없다."

"누가 할 소리!"

보고 있던 아누비스가 말했다.

"헛된 죽음은 나 역시 원치 않는다. 비켜서라."

"헛된 죽음을 원치 않는다면서 왜 고덕과 테오를 죽이려고 하지?"

"그것이 신탁이기 때문이다. 우리는 누가 천 년 집사가 되든 상관없어. 예언서에는 어둠에 물든 천 년 집사가 세상을 검게 물들인다고 되어 있었어. 그 누구든 천 년 집사의 그 큰 힘을 가져선 안 돼."

분홍은 그의 말에서 그들조차 가늠할 수 없는 어떤 숙명을 느꼈다.

"그렇군. 당신들은 천 년 집사를 날카로운 칼이라 생각하는군. 그 누구의 손에 들어가든 무언가를 베는 것은 같아질 테니."

"우리는 그 칼에 아무런 유감이 없네. 또한 칼 역시 저를 잡을 주인이 누구든 생각이 없지. 어떤 주인에게든 제힘을 내어 줄 칼이라면 녹여 철로 만들어 버리는 것이 마땅할 뿐이야. 네 칼은 살생할 수 없지만 태양신의 칼은 자비롭지 못해."

보마니가 손바닥의 에너지를 모아 고대 태양신의 칼을 꺼내 들자, 주변의 모두가 얼어붙었다. 온전히 형체를 드러낸 칼은 다가가는 것만으로도 오금이 저리게 만들 만한 엄청난 살기를 발산하고 있었다.

"아누비스, 역시 그대의 말이 옳았군. 이 조그만 땅에서 태양신의 칼을 꺼낼 일은 없을 거라는 내 말에 당신이 그랬지. 태양신의 칼조차 대적할 수 없는 존재가 있을지도 모르겠다고."

가까이 다가와 칼을 맞댄 둘은 주변에서 들을 수 없게 낮은 목소리로 이야기를 나눴다.

"고양이 세계에 잠입한 불계 전설 속 존재라. 그대는 심하게 반칙 아닌가."

"사돈 남 말 하시네! 본인들은 라의 전사들이면서 누가 누구더러 반칙이래?"

노묘는 라의 전사들을 죽여서도 안 되고 그저 버텨야 한다고만 했다. 태양신의 칼이 분홍의 털을 날카롭게 베어 내도 분홍은 그들에게 금강저의 철퇴를 내리꽂을 수 없었다.

그저 그들이 휘두르는 칼날을 쳐 내는 것만으로 시간을 벌 뿐이었다. 그러나 곧 분홍의 앞으로 마지막 일격이 날아왔다. 금강저로 막아 낸다고 해도 반대편 아누비스의 칼까지 막아 내기에는 역부족이었다. 그의 등에 아누비스의 칼이 꽂히려는 찰나 그 앞으로 누군가가 뛰어들었다. 보마니의 앞을 막아선 것은 다름 아닌 누룽지였다. 고대 원력을 소유한 보마니를 혈혈단신으로 막는다는 것은 계란으로 바위 치기임이 분명했지만 누룽지는 망설이지 않았다.

누룽지의 피가 사방에 흩뿌려졌다.

태양신의 칼은 잔인하게도 누룽지를 베어 냈다.

한순간에 숨통을 끊어 내듯 살점을 발라냈고 바닥에 쓰러진 누룽지는 아무런 움직임이 없었다. 누룽지가 흘린 피가 금강저에 가닿자 봉인되었던 결계에 미세한 금이 갔다. 분홍은 가슴이 뜯겨 나가는 고통을 느꼈다. 분홍은 보지 못했지만 라의 전사는 금강저의 결계가 흔들리는 게 무엇을 뜻하는지 알아차렸다.

누룽지가 자신을 희생하여 분홍을 구한 것을 안 보마니는 더이상 분홍을 공격하지 않았다. 그는 혈도의 피를 뿌리고 칼을 다시 칼집에 집어넣었다. 공기 중으로 사라진 칼에서 마지막 한 방울의 피가 뚝 흘러내렸다.

"어리석은 것."

보마니는 차가운 눈빛으로 누룽지를 내려다본 뒤 뒤로 물러섰다. 바닥에 쓰러진 누룽지를 향해 분홍이 한걸음에 달려와 그녀를 안았다. 누룽지의 눈에 밀적은 여전히 자신의 아들 분홍이었다.

"왜……."

누룽지의 눈동자는 이미 빛을 잃고 꺼져 가고 있었다.

"왜, 왜 그런 짓을 했어!"

"나는…… 네 어미야. 새끼를 지키는 건 당연히 내가 해야 할 일이야."

바로 그 순간 뒤늦게 고덕과 테오가 분홍에게 달려왔다. 테오는 분홍에게서 누룽지를 넘겨받았다. 그리고 꺼져 가는 그 숨결을 자기 입안으로 빨아들였다. 테오가 누룽지의 목숨을 거둔 순간, 누룽지의 몸은 힘없이 축 늘어졌다.

"무슨 짓이야!"

고덕이 말리는데도 테오는 누룽지를 놓지 않았다. 그는 누룽지를 꽉 끌어안은 채 빼앗기지 않으려 두 팔로 자기 몸을 감쌌다. 주변의 모든 사람이 이 광경에 경악했다. 테오가 누룽지의 생명을 취하고 다음 회차에 올라섰음을 알기에 더욱 그랬다. 테오는 고개를 파묻은 채 아무 말도 하지 않고 자기 세계에만 빠진 듯 보였다.

그때 라의 전사가 다시 태양신의 칼을 빼 들어 테오와 고덕을 바라보았다.

그렇게 찾아다녔던 두 사람이 그들의 눈앞에 나타난 이 기회를 놓치지 않을 것이 분명했다.

분홍은 이 파괴적 싸움을 멈춰야겠다는 생각이 들었다. 하지만 힘으로 열세인 자신들이 라의 사자들을 이길 방법은 없었다.

그리고 바로 그 순간, 이상한 묘안이 떠올랐다. 어쩌면 결계는 금강저가 아닌 자기 몸에 걸려 있는 것이 아닐까.

살생하지 못하는 자기 몸에 들어온 금강저가 다른 이의 손에서 그 힘을 되찾는다면…….

다급한 분홍이 고덕을 불렀다.

"집사, 이걸 받아!"

"뭐?"

"금강저를 받으라고!"

"그게 뭔데? 난 어떻게 쓰는지도 몰라."

"네 손에 들어가면 너에게 맞게 변할 거야. 어서 받아!"

"내가 어떻게 저들을 상대해!"

"이게 우리가 이길 수 있는 유일한 무기야! 어서!"

분홍의 손을 떠난 금강저가 고덕의 손에 떨어지자 갑자기 커지며 광채를 뿜내기 시작했다. 새 주인을 만난 금강저는 정육점의 오래된 칼 같은 과거의 모습을 벗고 새로운 능력을 발휘하기 시작했다.

잠금장치가 걸린 본래의 주인과 달리 잠시 위탁된 새 주인은 어리바리하지만 잠재된 힘을 가진 자였다.

칼을 잡아 본 적 없는 새 주인을 위해 그야말로 휘감기듯 가지를 뻗어 고덕의 손에 들러붙었다. 그리고 자신의 의지대로 고덕의 팔을 움직이게 했다.

금강저의 의도대로 내뻗고 찌르는 고덕의 모든 행동이 라의 전사들을 당황하게 했다. 새 주인을 맞이한 칼은 폭주하듯 살기를 내뿜으며 보마니와 아누비스를 공격했다. 금강저가 제힘을 찾자 보마니와 아누비스는 금강저의 상대가 되지 않았다. 그 기회를 놓치지 않고 분홍도 가세해 라의 전사들을 압박했다.

결계 안에 있던 다른 고양이들도 대갈일성을 지르며 뛰어나와 싸움에 합류했다. 수세에 몰린 두 마리의 고양이는 금강저 하나를 상대하기도 역부족이었으나 이제는 수적으로도 열세에 몰려 패색이 짙어졌다.

바로 그 순간, 금강저가 아닌 부러진 나무 막대기를 든 분홍이 아누비스의 배를 깊이 찔렀다. 아누비스가 피를 흘리고 쓰러지자 보마니가 달려가 그를 부축했다. 보마니 자신도 심각한 부상을 입었으나 아누비스를 지키지 못한 고통이 더 컸다.

이로써 전투의 승패는 갈렸다. 분홍은 계속 공격하려던 주변을 멈춰 세우고 차가운 눈으로 그들을 지켜보았다. 아누비스의 출혈이 심해 살아날 가능성이 없어 보였다.

"내 어미를 죽인 복수다."

"복수란 허무한 것이다. 당신은 위대한 존재인데 왜 그런 사사로운 마음에 발목 잡히지?"

"누군가를 지키고자 하는 건 사사로운 마음이 아니다."

사방이 피로 물든 가운데 아누비스의 배를 지혈하던 보마니가 말했다.

"금강저라고 했던가? 라의 전사 둘을 상대할 정도라니 그 위력이 대단하군. 동방의 끝자락에 그런 무기가 있을 줄 미처 몰랐다."

"하지만 너희가 진 건 금강저 때문이 아니다. 저기 모인 저 오합지졸들이 제 목숨을 걸고 달려들어 집사들을 지켰기 때문이야. 그걸 명심해."

"……."

보마니가 순순히 패배를 인정하고 물러서려 하자 다급한 분홍이 외쳤다.

"기다려! 넌 아직 내 질문에 대답하지 않았어. 남은 자, 그자는 어떻게 됐나?"

보마니는 다친 발에서 흘러내리는 피를 다른 발로 막으며 말했다.

"한동안은 모습을 드러내지 못할 것이다. 우리는 신탁을 깰 수 없었어. 다만 호루스의 눈에서 그 조각을 가져왔지."

"그를 찾아갔음에도 죽이지 않았다는 뜻이군."

호루스의 눈이 무엇을 뜻하는지 알지 못해도 그가 뱉은 말은 어둠 속을 헤매던 자신에게 등불이 되어 주었다. 신탁을 깨지 못하기에 살인마를 죽일 수 없었다면 애초에 고덕과 테오도 죽일 생각이 없었다는 의미였다.

"사실 너희는……."

분홍은 그들의 눈동자를 바라보았다. 자기 목숨을 걸고 이곳에 온 진짜 이유를 가늠한 순간 깨달았다. 보마니와 아누비스의 눈동자에 맺힌 그 결의가 무엇인지.

"가르쳐 줘. 내가 뭘 해야 하는지."

"함부로 줄 수 없는 답이라는 걸 알 텐데. 동료가 위태로워서 이만 물러가야겠군."

분홍은 그제야 할멈에게 받았던 복주머니의 진짜 용도를 알았다. 의뭉스러운 연꽃 같으니라고! 그는 목에 달아 두었던 복주머니를 보마니 앞으로 툭 던졌다.

"네 동료와 함께 이걸 나눠 먹어. 연꽃이 만들어 준 약이야."

복주머니를 받아 든 보마니는 지체하지 않고 아누비스에게 약을 먹이고 그 자신도 나머지 반을 먹었다. 죽어 가던 아누비스의 피가 멈추고 파리하던 얼굴색이 돌아오기 시작했다. 몸의 상처도 스스로 아물며 살이 차올랐다. 정신을 잃었던 아누비스가 천천히 눈을 뜨자 보마니가 안도의 한숨을 내쉬었다.

"너에게 큰 빚을 졌군."

"왜 사실을 숨겼지?"

보마니는 자기 손에 든 복주머니를 내려다보며 말했다.

"여기에 새겨진 글자가 뭐지?"

"'복'이다. 삶에서 누리는 만족과 행운을 의미한다."

"그럼 이 글자 아래 작게 새겨진 것은?"

분홍은 눈동자를 확대하여 작게 수놓아진 글자를 읽었다.

"……저울이 기울지 않도록 목숨 걸고 지켜 준 그 은혜, 잊지 않겠노라."

연꽃이 라의 전사들에게 하는 말이었다. 분홍은 보마니가 흘리는 묘한 웃음의 의미를 알았다. 여전히 안개 속에서 헤매고 있는 자신을 그 문장으로 일깨워 주고 있다는 뜻이었다.

"그래, 저울 자신은 추의 흔들림에 개입해서는 안 돼. 그러나 은혜란 반드시 갚아야 하는 빚이지. 내가 받은 이 주머니 값은 오늘 돌려주고 갈 것이다. 다시 만날 일이 없을 우리 사이에 빚을 남긴다면 나일강의 물처럼 범람해 나를 찾아올 터."

분홍은 보마니가 계율을 어기고 주는 대답이 보은의 의미임을 알았다. 계율을 어긴 그를 기다리는 것은 위원회의 가혹한 형벌일 것이다.

"호루스의 눈이 조각조각 나 흩어지게 하면 돼. 목적지에 제일 먼저 도착한다고 해도 결국 빠져 버린 그 하나의 조각 때문에 온전한 승리를 움켜쥘 수 없게 돼."

"그게 네 보은이란 건가?"

"우리 땅에 신처럼 섬기는 두 강이 있다. 하나는 '티그리스'이고 또 하나는 '유프라테스'. 강의 신이지. 그 둘은 평상시에는 온화하고 다정한 존재이나 선을 넘으면 모든 것을 쓸어 버린다. 기억해. 그 강의 이름은 티그리스와 유프라테스이다. 그리고 그 둘은 태초에 하나였다."

"……."

그리고 바로 그때, 뒤늦게 현장으로 달려온 검은 양복 차림의 인간들이 그들을 에워쌌다. 생김새로 보건대 위원회가 보낸 그림자들인 듯했다. 그들이 다친 아비시니아 전사들을 부축하려고 하자 보마니가 손을 들어 제지했다.

전사의 명예는 패배한 전투일지라도 자기 발로 당당히 물러서는 것에 있었다. 보마니가 일어서자 그들을 지키고 있던 검은 양복이 분홍 무리에게 다가와 말했다.

"너희는 고대 라의 전사를 다치게 했다."

"먼저 공격한 건 그쪽이야."

"라의 전사가 제힘을 회복할 수 없다면 누군가는 목숨으로 그 빛을 갚아야 한다."

"그게 무슨 개풀 뜯어 먹는 소리야! 분홍의 엄마 누룽지를 죽였어! 먼저 시비를 걸었는데 분홍이가 합의해 주고 치료비까지 던져 줬잖아."

흥분한 존남의 말에 보마니가 말했다.

"전사를 대신할 목숨을 데려갈 것이다."

"누구더러 죽을 자리에 가래!"

바로 그 순간 검은 양복이 흔든 방울 소리 한 번에 그곳에 모인 모든 고양이가 얼음처럼 굳었다. 눈과 혀를 움직일 수 있었지만 몸이 움직이지 않았다.

검은 양복이 주머니에서 탐지기를 꺼내 자리에 모인 고양이 하나하나를 스캔하기 시작했다. 마치 공항 검색대의 탐지기처럼 생긴 긴 막대를 갖다 대자 초록색 칸의 숫자가 채워졌다. 줄무늬의 칸이 세 개이고, 메리의 것이 두 개인 것을 보고서야 회차를 재는 이집트식 회차 저울임을 알았다.

막대가 밀적인 분홍의 몸을 훑자 비어 있는 모든 칸에 초록색 불이 들어왔다가 사라졌다. 검은 양복의 남자는 당황한 듯 탐지기를 이리저리 흔들어 보고 다시 댔지만, 결과는 마찬가지였다.

놀라지 않은 건 분홍과 보마니 그리고 아누비스, 셋뿐이었다. 보마니가 살짝 고개를 내젓자 검은 양복은 할 수 없이 남은 고양이들을 훑었다.

에너지 넘치는 존남은 두 칸, 두럽은 한 칸을 기록했다. 죽은 누룽지의 몸에 닿은 막대기는 아무런 변화가 없었다. 하지만 삭정이에게 막대를 갖다 대자 순식간에 에너지가 치솟아 여섯 칸의 초록색이 채워졌다.

그곳에 모인 잘난 척하던 그 어떤 고양이보다 회차가 더 높은 고양잇과 동물이 삭정이란 사실에 다들 놀라움을 금치 못했다.

"저 성질 더러운 삵이 6회차라고? 말도 안 돼!"

삭정이는 존남의 말에 콧방귀도 끼지 않았다. 그러나 보마니는 이미 삭정이의 모든 것을 꿰뚫어 보고 있었다.

"너는 어느 곳에서든 전사의 후예로 살 녀석이군. 고양잇과의 영광스러운 전사로 죽는 것도 나쁘지 않아."

누구보다 강한 전투력으로 라의 전사들을 상대했던 그 용맹함을 따진다면 밀적금강인 분홍과 필적할 정도였다. 다른 고양이들은 조금 놀랍고 두려운 얼굴로 삭정이를 바라보고 있었다.

"뭐야, 이 불쾌한 눈빛들은?"

"네가 전사의 후예라잖아."

"안 돼!"

입조차 움직일 수 없는 고덕에게서 격노의 목소리가 터져 나왔다. 게다가 그의 손에는 밀적이 준 금강저가 들려 있었다. 금강저의 힘은 봉인되지 않았기에 지금 자기 주인인 고덕을 깨어나게 했다. 고덕이 힘을 주자 굳어진 몸이 조금씩 흔들리기 시작했다.

"누구 마음대로 이곳의 고양이를 데려가겠다는 거야! 절대 안 돼!"

고덕이 소리치자 금강저를 쥔 손이 움직였다.

"안 돼! 삭정이 털끝 하나라도 건드리면 내가 가만두지 않을 거야!"

고덕은 자신을 붙잡고 있는 보이지 않는 힘을 잡아끌며 힘들게 삭정이의 앞으로 나왔다. 보이지 않는 무언가가 콰직 소리를 내며 부서졌다. 위기의 순간 가공할 만한 힘을 발휘하는 그를 보며 지켜보던 모든 이들이 놀랐다. 그는 안간힘을 쓰며 삭정이의 앞을 가로막고 섰다. 삭정이는 고덕이 키우는 고양이가 아니지만 그는 진심으로 삭정이를 지키고자 했다. '숲속의 빚쟁이'라는 평소의 말과 달리 삭정이를 대하는 진심이 바로 그 행동에서 드러났다.

"이 삯이란 동물이 네 고양이인가?"

"아니야. 이 아이는 누구의 소유도 아니고 자신의 삶을 사는 자유로운 존재야! 너희가 무엇인지 모르겠지만 남의 땅에 와서 함부로 살생하고 납치할 권리는 없어!"

"경찰 인간, 네 말대로 나는 누구의 소유도 아니고 내 삶을 결정하는 자유로운 존재다. 내 앞날은 내가 결정해. 저리 비켜."

삭정이의 말에도 고덕은 물러서지 않았다. 검은 양복이 꺼내든 칼날이 스치기만 해도 고덕은 죽은 목숨이었다. 그러나 그는 자리에서 한 발짝도 움직이지 않았다.

"안 돼! 널 죽게 내버려둘 수 없어."

"이봐 인간, 네가 먼저 죽게 생겼어."

"절대 못 비켜!"

"정신 사나워. 수선 떨지 말고 저리 비키라고!"

보고 있던 보마니가 고덕이 아닌 삭정이에게 말했다.

"거기, 삶. 만약 네가 숭고한 죽음으로 6회차를 완성하고자 한다면, 그때는 제 발로 갈 텐가?"

그의 말에 삭정이의 눈동자가 흔들렸다. 하지만 합의금에 흔들리는 고소인을 대하는 변호인처럼 고덕은 단호했다.

"숭고한 죽음 같은 소리 하지 마! 누구도 대신할 목숨이란 건 없어. 뭘 고르라는 거야! 니들이 뭔데! 니들이 뭐기에 우리 목숨을 선택하고 말고 하냐고!"

"경찰 인간, 오늘 진짜 왜 이래?"

말은 그리했지만 삭정이는 묘한 심정이었다. 어미도 버린 자신을 제 목숨을 걸고 지켜 주는 이를 만난 이상한 저릿함이었다. 살 곳과 나머지 자식을 지키려고 일부러 삭정이의 다리를 부러뜨린 어미가 늘 마음의 가시와도 같았다. 잊을 만하면 마음을 찌르고 괴롭게 했다. 어미에 대한 사랑 때문이 아니라 존재에 대한 회의감 때문이었다. 전생의 자신 역시 한때 어미였고 새끼를 지키지 못했던 순간들이 있었다. 모성으로 지켜도 새끼들은 뒤도 돌아보지 않고 떠나갔다. 생이 반복될수록 당연하게, 혹은 담담하게 받아들이던 과정이었다. 태어난 것들 사이에서 맺어지고 끊어지는 관계란 이렇게 허무했다.

하지만 피 한 방울은커녕 종조차 다른 이 남자는 무엇인가.

무엇 때문에 하찮은 삶의 목숨 하나에 자신을 던지는가. 무엇 때문에.

"고양이에게 자유는 목숨과도 같다며?"

"그러게. 그런데 내가 가지 않으면 너는 겨우 남은 목숨 하나를 내놓아야 하니까."

고덕은 자기 대신 이집트로 끌려가 '라의 전사'가 되겠다는 삭정이를 막아서며 물었다.

"날 위해서라고? 왜?"

그 말에 삭정이는 한참 동안 생각에 잠겼다.

"그러게. 왜일까?"

"……"

"집사인 널 끝까지 지켜 주고 싶다고 생각했는데 이유는 모르겠어. 그냥 보은 때문이라고 해 두자."

검은 양복 중 하나가 고덕을 향해 돌아섰다.

"좋다, 인간. 우리는 다시 이집트로 돌아갈 것이다. 단, 이 출혈의 대가로 누구든 하나를 볼모로 데려가야 하고 그는 가장 높은 회차여야 한다."

"볼모를 데려가다니! 볼모는 전쟁에서 이긴 쪽이 데려가는 거 잖아. 너희는 졌다고!"

"너희 역사는 어떤지 모르지만 고양이 세계는 달라. 진 쪽이 그들의 안녕과 평화를 위해 이긴 쪽의 사람을 모셔 가는 거야. 우리 인간이 그들이 만든 볼모라는 뜻을 잘못 베껴 쓴 거야."

"하, 말도 안 돼……."

"그리고 그건 고양이든 사람이든 상관없어. 네가 저 삶의 앞길 을 막는다면 회차가 낮더라도 널 데려갈 수밖에."

"뭐? 누굴 데려가겠다는 거야!"

"차라리 천 년 집사가 될지도 모르는 인간을 데려가는 쪽이 안 전하겠군."

"그럼 그 자식을 데려가라고! 그 사이코 살인마가 누구인지 너 네는 알 거 아냐! 그놈을 데려가서 볼모를 하든 수모를 겪게 하 든 마음대로 하라고!"

"볼모는 희생정신이 있는 자만 가능해. 네 말대로 그 사이코패 스에게 희생정신을 기대하기는 힘들겠지."

당혹스러운 말에 그 누구도 입을 열지 못하고 있는데 죽은 누 룽지의 몸을 안고 있던 테오가 말했다.

"그럼 제가 갈래요."

"테오 너 미쳤어?"

"형, 제가 갈래요. 삭정이랑 저 둘 다 6회차인 거잖아요. 여기서 제일 높은 회차라면 저도 되고 어차피 누군가 한 사람이 가야 한다면 어린 제가 낫겠죠. 그리고."

테오는 누구도 들을 수 없게 조용히 고덕의 귀에만 들리는 이야기를 털어놓았다.

"저 지금 누룽지의 생명이 꺼지기 전에 제 안에 가둬 두었어요. 제가 생명의 그릇이 된다는 건 깨달았지만 이 가둔 생명을 어떻게 꺼내는지 몰라요. 아마 저들이라면 방법을 알겠죠. 누룽지와 함께 저들을 따라가겠어요."

"널 볼모로 보낼 수 없어! 저들은 그저 천 년 집사가 될 위험 요소 하나를 데려다 가둘 생각인 거야."

"다음 회차로 올라설 수 있는 기회가 된다면요? 누룽지를 살릴 수 있다면요?"

"하지만……."

무엇도 확신할 수 없지 않느냐는 말을 뱉을 수 없었다. 지금으로선 한 가닥의 희망이라도 붙잡고 싶은 마음이 컸기 때문이다.

"형, 끌려가는 거 아니고 제 선택이에요. 누룽지의 생명을 거뒀을 때부터 기시감처럼 그렇게 해야 한다는 생각이 들었어요. 저들의 세계에서 집사의 능력치를 알아야 해요. 우리 둘만 이곳에 있는다고 나아지는 건 하나도 없을 거예요. 형은 형사니까 그 살인마를 추적할 수 있을 테고 난 그곳에 내 몫이 있을 것 같아요."

"너희 형은?"

"우리 형에게는 제가 나중에 얘기할게요. 형은 그냥 두썸띵 동물병원에 있는 게 제일 좋을 거예요. 연주 누나가 마음이 아플 서준 형도 잘 보살펴 줄 거라고 믿어요."

둘의 대화를 지켜보고 있던 검은 양복이 물었다.

"자리는 하나, 누가 갈 텐가?"

"내가 갈 거예요."

"자리는 하나, 라고 했다."

그의 시선이 테오의 품에 안겨 있는 누룽지의 몸에 닿았다.

"이 고양이의 심장은 뛰지 않아요. 여전히 자리는 하나고."

"하지만 네 안에……."

검은 양복은 어떤 말을 하려다 움찔거리듯 입을 닫았다. 테오는 그들이 금기를 말할 수 없기에 지금의 자신을 막을 수 없다는 걸 알고 있었다.

라의 전사를 지키는 그림자와 라의 전사들은 볼모인 테오를 데리고 환영처럼 어둠 속으로 사라졌다. 마치 어둠 속의 구멍을 통해 다른 세상으로 빨려 들어간 것처럼 순식간이었다. 분홍은 그 어둠을 응시하며 생각에 잠겼다. 그들이 떠나자 기다리고 있던 할멈이 모습을 드러냈다. 분홍은 고개를 돌리지도 않은 채 물었다.

"할멈은 알았는가?"

"저도 잘 몰랐습니다. 테오가 제 그릇의 능력을 각성할지도 모른다고 생각만 했지요."

"아니, 그거 말고 연꽃이 준 복주머니의 용도 말일세. 그게 처음부터 나를 위한 게 아니었더군."

"본인을 위해 쓰지 않기로 선택하신 거겠죠."

"그들이 우리를 죽이지 않을 것임을 우리만 몰랐군. 오히려 살인마를 공격해 그가 움직일 수 없게 만들고 우리의 시간을 벌어주었네. 그러나 동일한 값의 역경을 주어야 했기에 우리를 공격할수밖에 없었겠군. 그것이 그들이 말한 '균형'이고. 라의 전사들에게 큰 빚을 졌네. 그걸 지금 알다니 이 얼마나 한심한 노릇인가."

"불계를 호령하던 밀적금강역사가 아니라 지금은 그저 눈이 가려진 고양이의 몸이기 때문이 아닐까요."

저 라의 전사들은 처음부터 테오와 고덕을 죽이고자 찾아온 것이 아니었다. 오히려 그들을 지키고자 했다.

그들의 언어와 우리의 언어가 다르다고 말했던 것은 그 목적에 도달하기까지 고통스러운 과정을 설명할 수 없기 때문이었다. 고덕과 테오를 찾아온 것은 고덕과 테오의 능력치를 빨리 끌어올리기 위해서였으며 또한 천 년 집사가 되는 비밀을 알려 주기 위해서였다.

천 년 집사의 일에 개입하지 말라는 위원회의 결정을 어기면서까지 이곳으로 와 고덕과 테오를 각성하게 해 준 것이다. 또한 나머지 한 사람, 살인마를 찾아간 것 역시 같은 이유에서였을 것이다. 천 년 집사를 죽일 수는 없으나 그의 시간을 멈추고 고덕과 테오의 시간을 벌어 준 것, 의도적으로 천 년 집사의 레이스에 도움을 주고자 했던 것이 위원회의 반대를 불러왔다.

테오를 데려간 것은 테오의 선택이었으나 왠지 모르게 그들이 테오를 보호하기 위해 데려갔다는 생각을 지울 수 없었다. 테오가 자신의 능력치를 높이고 돌아와 악에 물들지 않을, 진정한 천 년 집사가 될지도 모른다는 막연한 기대감이 들었다.

눈앞에서 누룽지의 생명이 꺼져 가는 것을 보지 않았다면 테오는 티그리스로부터 받은 자기 능력을 각성할 수 없었을 것이다. 그 순간을 맞닥뜨리고서야 제 안의 껍질이 깨지면서 능력이 튀어나왔다.

테오는 순간 자신이 생명을 담을 수 있는 그릇임을 깨달았다. 죽음의 순간 앞에 황망히 서야 느낄 수 있는 능력치였다.

따뜻한 바람이 불고 나서야 시린 겨울이 그 봄바람을 실어다 줬음을. 차가운 바람이 실은 따뜻한 바람이 긴 잠에서 깨어날 수 있도록 고통을 주었다는 사실을 깨닫게 된 듯 이상한 마음이었다.

분홍은 사라진 그들을 향해 깊이 고개를 숙였다.

*⁺✗

테오와 누룽지가 떠나고 고덕의 마음에는 평화가 아닌 공허함이 찾아왔다. 살인마를 쫓고 천 년 집사의 회차를 완성해야 하는 막중한 책임이 주어져 있음에도 마음을 다잡기가 힘들었다.

물에 빠진 사람처럼 허우적거리는 고덕을 지켜보던 분홍이 행동에 나섰다. 고덕이 산송장처럼 휘적휘적 거실로 걸어 나오는데 매복하고 있던 분홍이 급습해 그의 등을 네 발로 찼다. 고덕은 그 자세로 고꾸라진 채 일어나지 않았다. 바닥에 살포시 내려앉은 분홍이 꼬리를 말아 감은 채 그 곁에 앉았다.

"내가 왜 널 쓰러뜨렸는지 알아?"

"몰라."

"이게 지금 네 마음 상태라는 뜻이야."

"그렇구나."

"외롭고 쓸쓸한 마음을 받아들여. 모든 시간을 무언가로 채우지 마."

"……"

"지금 바닥을 보니 어때?"

"……비참하네."

"비참하다뿐이야? 더럽기 그지 없지. 네 머리카락, 엉겨 떨어진 내 털, 집 먼지가 들러붙어 카펫이 됐어. 자세히 보라고."

"……."

"그러니까 일어날 때 한 움큼씩만 집어서 일어나. 딱 그만큼만 휴지통에 버려."

한숨을 내쉰 고덕은 분홍이 일러 준 대로 손바닥으로 더러운 바닥을 쓸고 일어났다. 그리고 휴지통에 그 쓰레기를 버렸다. 하지만 여기서 끝이 아니었다.

집 곳곳에 잠복하고 있던 분홍은 고덕이 지나갈 때마다 숨어 있다가 그에게 달려들어 넘어뜨렸다. 넘어진 고덕은 또다시 손바닥으로 바닥을 훔치며 일어나야 했다.

한 번, 두 번, 세 번, 숫자를 셀 수도 없을 만큼 여러 번 넘어지고 일어나고를 반복했다. 분홍은 지치지 않았고 고덕도 짜증 내거나 화를 내지 않았다.

그렇게 몇 날 며칠이 흘러간 후 고덕은 우연히 자신의 집을 둘러보았다. 오며 가며 분홍에게 발길질을 당할 때마다 치운 덕에 어느새 집 안이 말끔해져 있었다. 깨끗하다고까진 말할 수 없었지만 이전에 비하면 눈에 띄게 달라져 있었다.

"분홍아, 네가 집 청소했어?"

"청소는 집사가 해야지, 내가 왜 해?"

"그럼 이걸 누가……."

"누구긴 누구야. 넘어진 너 자신이지."

고덕은 그제야 분홍이 자신을 쓰러뜨린 진짜 이유를 알았다.

"엄살떨지 말고 일어나."

"일어나지 못하겠어. 기운이 없어."

"바보처럼 굴지 말고 정신 차려! 거울 속 너를 보란 말이야!"

분홍이 던져 준 조그만 손거울에 자신이 보였다. 또한 자신의 죄과도 보였다.

다섯 마리 고양이를 얼어 죽게 만든 죄과, 영원히 사라지지 않을 낙인. 그러나 뭔가가 변해 있었다. 그 옆에는 조그만 글씨로 의도치 않은 실수라는 말이 첨부되어 있었다. 그리고 죄과였던 기록에 빨간 두 줄이 그어져 있었다.

누군가 자신의 죄를 지워 준 것이다.

고덕은 거울을 들어 자세히 자기 얼굴을 들여다보았다. 죄과에 그어진 두 줄이 단번에 그어진 두 줄이 아니라 조그만 점 하나하나가 모여 만든 줄인 게 보였다. 그 점 하나하나는 모두 고양이 한 마리, 한 마리의 발톱 자국이었다.

지금까지 그가 만났던 모든 고양이가 고덕의 죄과에 손 하나를 보태 그를 용서해 주었음을 안 순간, 고덕은 그 자리에 털썩 주저앉았다. 눈물이 속절없이 흘렀다. 그렇게나 미워했던 고양이들에게 용서받았음을 이제야 깨닫게 된 것이다.

"다 내 잘못인데. 내가 잘못해서 그런 거라고. 왜 나를, 이런 나를 너희는 왜……."

"인간은 누구나 실수하고 살아. 그걸 고치고 나아가는 게 인생이야."

"……나 때문에 삼순이가 죽고, 누룽지가 죽고, 다섯 마리의 새끼 고양이가 죽었어. 난 집사가 될 자격이 없는 놈이야."

분홍이 다가와 무심히, 그러나 따뜻하게 고덕의 곁에 제 등을 붙이고 돌아앉았다. 살이 맞닿은 곳의 온기가 고덕에게 건네졌다. 그리고 평생 건네지 못할 그 말을, 언젠가 하고 싶었지만 참아 왔던 그 말을 건넸다.

"……아주 오래전, 한겨울 추위 속에서 죽어 가던 다섯 마리 고양이 중 하나였던 나는 한 소년을 만났어. 소년은 버려진 고양이들을 먹여 주고, 닦아 주고, 살 곳을 찾아 주고, 자신이 입고 있던 외투마저 다 주고 떠났어. 그렇게도 미워했던 존재에게도 살아 있는 것으로서 존엄을 지키던 그 아이를 위해 나는 다시 탄생과 죽음을 반복했어."

"……정말 너였어?"

"무언가를 사랑하거나 미워하는 건 오히려 쉬워. 하지만 그 미움을 접고 선을 베푸는 것은 아무나 할 수 있는 일이 아니야."

"난 그냥 두려웠을 뿐이야……."

"너는 어렸어. 그런데도 미워하기를 스스로 멈췄어. 죽도록 미웠을 나에게 베풀었던 그 작은 온정 하나 때문에, 나는 널 선택한 거야."

이것은 분홍이 오랫동안 숨겨 왔던 진심이었다.

천 년을 뛰어넘는 영겁의 삶 속에서 걸어 나와 고통이 있는 생으로 묵묵히 걸어 들어온 이유였다.

분홍이란 이름으로 그의 고양이가 되고 집사로 이어진 순간, 밀적은 그렇게나 엿듣고 싶었던 연꽃의 비밀을 알게 된 듯했다.

생이란, 결국 사는 동안 숱한 시간을 함께하는 것. 그 시간이 찬란하든 비루하든.

그리하여 아무것도 가져가지 못한 채 오직 그 기억만을 선물로 안고 떠나는 것.

밀적에게 이 생의 선물은 분홍이란 이름, 그리고 고덕이었다.

래빗홀YA

천 년 집사 백 년 고양이 2 묘한 고양이 결사단
추정경 장편소설

초판 1쇄   2025년 5월 22일

지은이   추정경

발행인   문태진
본부장   서금선
책임편집   이은지   **래빗홀** 최지인 김수현

기획편집팀   한성수 임은선 임선아 허문선 이준환 송은하 김광연 송현경 이예림 원지연
마케팅팀   김동준 이재성 박병국 문무현 김윤희 김은지 이지현 조용환 전지혜 천윤정
저작권팀   정선주
디자인팀   김현철 이아름
경영지원팀   노강희 윤현성 정현준 조샘 이지연 조희연 김기현
강연팀   장진항 조은빛 신유리 김수연 송해인

펴낸곳   ㈜인플루엔셜
출판신고   2012년 5월 18일 제300-2012-1043호
주소   (06619) 서울특별시 서초구 서초대로 398 BnK디지털타워 11층
전화   02)720-1034(기획편집) 02)720-1024(마케팅) 02)720-1042(강연섭외)
팩스   02)720-1043
전자우편   books@influential.co.kr
홈페이지   www.influential.co.kr

ⓒ 추정경, 2025

ISBN 979-11-6834-290-3 (43810)